GOBOOKS
& SITAK
GROUP©

三日月書版

三日月書版

面從腹背
陽奉陰違
雪翼 著
火螢 繪
4
DUPLICITY IN THE HELL
輕世代
FW370
三日月書版

開什麼玩笑，那可是我美若天仙
黃金比例人間至寶（下略萬字）的身體啊！
陽奉陰違
DUPLICITY
東湛
家喻戶曉的超人氣偶像。
愛逞強的膽小自戀狂，其實心很軟。
CHARACTER FILE

以觸犯《陰間律法》
第三百十一條毀損公物的罪名將你逮捕。
上官中灼
陰間刑務警備隊第三分隊隊長。
面無表情，做事一板一眼的認真公務員。
CHARACTER FILE

陽差陰違
我們在陽世都是犯下罪孽的人，
阿徹一定也很痛苦……
墨久亦
陰間刑務警備隊第三分隊隊員。
墨氏雙胞胎的哥哥。
成熟穩重，孤獨一匹狼。
CHARACTER FILE

說什麼啊亦哥，
我不是一直在你身邊嗎？
墨良徹
陰間刑務警備隊第三分隊隊員。
墨氏雙胞胎的弟弟。
熱情爽朗，最喜歡哥哥。
CHARACTER FILE

めんじゅう　ふくはい

陽奉陰違

面従腹背

DUPLICITY IN THE HELL

MENJUUFUKUHAI

【DUPLICITY IN THE HELL】

CONTENTS

めんじゅうふくはい

陽奉陰違

第一章

騷動

MENJUUFUKUHAI

中央十二街發生了前所未有的騷動，街上擠滿看熱鬧的陰間居民，彼此交頭接耳議論著，即便是少有情感表現的住民們也仍保有生前喜好圍觀的習性。

東湛盡責地做著筆錄，臉上流露的是絲毫不在意的表情。他跟上官申灼例行巡邏時發生了一起竊盜事件，失竊的店家是專做珠寶買賣，意外的損失讓店主忍不住抱怨起來。

原本這在陰間是不常見的事件，但近幾年亡者的流動情況有些複雜，自然有些漏網之魚便開始動起歪腦筋，所以像這類的事也逐漸變成警備隊的日常之一。

案件成立之後，做筆錄，然後盡可能搜集線索，追蹤，捕獲犯人，這就是大致的流程，也就是東湛目前的工作。

此時上官申灼正在店家周遭查探是否有犯人的蛛絲馬跡。通常犯人都不是陰間住民，而是未登錄的亡者遊魂，因此也無法依循一般管道搜查犯人情報。

「所以你有看到犯人的長相嗎？」東湛問道，記錄的筆沒停下，他進入警備隊也有一段時間，可說是越來越上手了。

店主還在氣頭上，他是一名充滿珠光寶氣的中年男子，一臉富貴相，因為累積了好幾世的福報，才能在此過上優渥的生活。「那時候有客人上門沒注意到，只來得及瞄到竊賊的背影。」

「嗯嗯，繼續說下去？」

「我知道你想做什麼，是不是要畫嫌犯的素描？」

東湛有些為難地皺起眉頭，「可是，你不是只看到嫌犯的背影嗎？沒有看清長相的話……」

「我有看到！」店主想了想，又臨時改口，「雖然只有一瞬間，但我的眼角餘光清楚捕捉到了那傢伙的側臉，錯不了，是個長滿毛的傢伙！」

「什麼？」

「那個傢伙有著黑白分明的大眼，眼神空洞，像是看著什麼，卻又什麼都沒看。」店主自顧自地描述起竊賊的長相，「臉上的毛髮有些濃密，臉頰消瘦，看起來就像枯樹一樣，你有在畫嗎？」

既然對方主動提出了要求，不善於繪畫的東湛只好照辦，他的畫圖技巧只比火柴人程度要好一點，「在畫了、在畫了。」

「你畫得如何，讓我看看！」

店主說著就想把頭湊上前去，東湛眼明手快立即以手遮掩，同時敷衍帶過，「筆錄就到這邊了，如果有關於竊賊的消息，我們會第一時間通知你，別擔心。」

店主雖然疑惑，但看對方一臉和善的樣子，那溫良謙恭的模樣讓他只好打住了滿腹的問題。他知道再問下去恐怕也得不到答案，便揮了揮手，走回店內。

這時上官申灼也回來了，他沒有找到任何關於竊賊的線索。雖然很不想承認，但既然事件是沒有登錄在冊的遊魂所犯，很可能會沒有結果也就不了了之了。

上官申灼注意到搭檔手中的紙，「那是什麼？」

「嫌犯的長相。」東湛倒是很大方地分享給對方看。

上官申灼看了後眉頭沒鬆過，他相當懷疑這世上會存在這樣容貌的人，「這是你畫的？」

「對，依照店主的描述我親手畫的，不敢說完全符合，但有八九分相似吧。」

不知道東湛是哪來的自信，上官申灼只越發難以置信，「這傢伙……已經超出我的理解範疇了。」

紙上的嫌犯肖像畫，也可稱作是構圖簡略的塗鴉，是由幾個毫無規則的圓形組成，加上粗糙的線條橫七豎八占滿空白處，與其說是人，倒不如說是某種動物。

「安啦，這世上本來就有很多離奇的事，也不差這一件吧。」東湛一臉老神在在的樣子，手搭上上官申灼的肩，似乎對案情有點眉目的樣子，「你先回去吧，我還有事要辦。」

「什麼事？」

「當然是跟嫌犯有關的事啊，你可不要誤會我是想摸魚。」

「你知道嫌犯的下落了？」上官申灼的臉色微變。

「有些事不是碰碰運氣才能得知嗎？」東湛神祕的刻意賣關子，就是不把話說清楚。

目送著搭檔先行離開後，東湛拿著那張嫌犯的肖像畫左右反覆檢視，然後折成紙飛機，讓它順著上升的氣流遠去。

「如果找不到犯人的話，自己造一個出來不就行了。」東湛抬起頭，神色自若地喃喃自語，「這裡的人是不是都是傻子啊。」

明明已經過了巡邏執勤的時間，都快到宵禁了，東湛還是在外面閒晃。他還特地不帶八卦銅鏡通訊道具，不讓任何人知道他在何地做什麼。

他在守株待兔。他事先查過了，這個交叉路口是遊魂經常被目擊的地方，不受管束的遊魂，總是偷偷在這附近作亂。陰間很大，多得是藏身的地方，例如那個惡名昭彰的不法地帶——暗巷。

東湛打算隨隨便便抓個遊魂交差了事，不是真凶也不打緊，反正這些未登錄的亡者都已經被通緝，是不是真正的嫌犯也沒人會認真追究。

「什麼嘛，是我話說得太滿了嗎？原本想說起碼能碰見幾個，竟然半個也沒瞧見。」

就在這時候，東湛察覺到一抹鬼祟的影子一閃即逝，他的視線緩緩移了過去，唇畔微微上揚，「這麼快就出現了啊。」

剛才還在抱怨，下一秒卻立即轉換成狩獵模式。東湛的眸底深處閃爍著跟以往不同的快意，他隨即邁開步伐，跟上前去。

那抹影子很快就不見蹤影，連痕跡都沒留下，但空氣中有淡淡的氣味，像是枯木腐朽的味道，也像是存放在櫥櫃多年老舊物品的氣味。

東湛依循著這樣的味道一路追蹤，最後來到了位於中央街區外的荒地。這裡寸草不生，僅有零散的幾棟破屋，陰間居民都對這個地方感到嫌棄。

東湛還是第一次踏足這裡。

再往東一點的方向，就是他上次被那些殭屍犬襲擊的地方，也就是惡狗嶺。幸好這個地方沒有半隻惡犬，要不然他可就傷透腦筋了。

天色逐漸轉暗，已經沒剩下多少時間了，東湛走上前，就著微弱的光在破屋與破屋之間巡視，屋子內部已經沒有人居住了，也不像是有人在此生活的樣子，彷如是被人遺棄之地。

古怪的是，氣味到這邊就消散得差不多了。

就在這時不遠處忽然發出「咚」的一聲聲響，像是有物品落在地上。循著聲源看到了個閃亮亮的物品，他隨即彎下腰拾起查看，正是珠寶店遺失的那條項鍊。

「這東西在這裡就表示……」那傢伙就在這裡。

東湛挑起了眉想轉過頭去，不料整個人絲毫動彈不得，一個不明物體突然重重壓在他背上，耳邊傳來了詭異的嘶啞聲音，對方銳利的爪子正緊緊地掐進他的肉裡。

東湛嘗試掙扎但就是掙脫不了，那東西宛如想跟他化為一體，他努力想打直身子，但對方就是攀在他背上不肯走，還發出不明所以的喘氣聲。

東湛異常的鎮定，雖然不明白發生了什麼事，但他可以大致猜出一二。

「可以放手了嗎？」他冷冷地說：「我現在很不開心，假如你沒打算殺我那是再好不過了，但我會在那之前先動手。」

這句話赤裸裸的就是威脅，鬼影也聽懂了，更加使勁掐住他，幾乎到了死命的程度了。

東湛的臉色突然變得陰沉，隨即伸出手用力將背上的東西猛力扯下，在碰觸到鬼影的瞬間，它猙獰地慘叫了一聲，靈魂產生激烈的碰撞。

那是隻動物的遊魂，就在牠被拋向前方時，東湛終於看清了對方的真面目。

牠有一張毛茸茸的臉龐，身軀也覆蓋了雜亂的毛髮，唯獨眼睛周圍很稀疏，那雙眼睛會使看過的人印象深刻，就像店主描述的那樣，像是在看什麼，又像什麼都沒在看。

動物遊魂的手腳細長，宛如靈長類動物，但動作卻不如想像那般靈敏，即便如此，就憑牠方才那副狠勁，仍然是不好對付的敵人。

動物遊魂狼狽落地後很快轉過身子，發出陰狠的嘶啞叫聲，深長爪子不由分說就朝東湛身上抓去。

東湛下意識抬臂抵擋，手臂留下了怵目驚心的血痕，他若無其事地舔去上頭的血。他現在是靈體，雖然傷口很快就復原，但還是會感受到痛苦，所以現在的他有些不爽。

東湛心想，要抓些東西出氣才能弭平他此刻的感受。

「就這樣嗎?你的能耐就只有這樣子啊。」東湛說道：「死猴子。」

動物遊魂一下就被東湛的話激怒了，只見牠衝了過來，整個人撲到他身上，又是撕扯又是猛咬，尖牙狠狠地陷進了肉裡。但青年卻無動於衷，只是視線稍微往下移，平靜的吐露出他此刻的心境，「真無趣。」

接下來發生的事全在電光石火間，只見東湛用手覆上遊魂的臉，重重將牠砸在地上，隨即跨坐在上方掄起拳頭一陣猛揍。

東湛打上癮了，一拳一拳揍在動物遊魂身上，一下比一下重，絲毫不減緩力道，直至對方被打得奄奄一息，也沒有停下。

在這一刻，東湛感受到前所未有的快感，體內的另一個自我正逐漸獲得解放。

東湛立了大功。

他抓到了偷走珠寶的竊賊，小偷是迷途的動物遊魂，在路過店家時被那些閃閃發亮的寶石誘惑，於是想要偷去把玩，然後陰錯陽差被東湛遇上了，於是邪不勝正、小偷落網，為這宗竊案畫下了句號。

警備隊第三分隊的成員人人都難以置信，因為這可是第一次，東湛僅憑自身之力解決了案件。更奇妙的是，那隻動物遊魂被逮到的時候，似乎身心都受了極大的打擊，本來就是隻奇怪的生物，這下看來更古怪了。

「你是不是對牠做了什麼啊？」茜草好奇地詢問。

「咦？我什麼都沒做啊。」東湛不明所以地偏過頭。

「那不然牠為什麼會變成這樣？」墨良徹也忍不住要問，視線看向此刻被關在籠子裡的動物遊魂——臉腫得不像話，整個頭也像是被什麼輾過一般，硬是大上了兩倍，在正常捕捉的情況下不可能出現這樣的慘狀。

「我不是說過了嗎？我碰巧遇上了牠，然後扭打起來，你看我也受傷了啊。」東湛伸出自己的手臂，證明此言不虛，只不過跟動物遊魂的慘狀比起來，那根本不算什麼，只是爪痕造成的小傷口。

「然後碰巧那裡有處懸崖，牠失足跌落所以才會變成那樣，我可是好不容易才把牠救起來的！」

「真的是這樣嗎？」墨久亦表示狐疑，「如果只是失足跌落，應該不會變成那樣才對。」

「你們……是在懷疑我嗎？」東湛的口氣聽上去有些委屈，他說的都是事實，只是用事實包裹謊言罷了，何況他說的謊又無傷大雅。

「當然不是啊！」檀隨即跳出來打圓場，「總之，你順利解決案件，也算是成長了不少！」

「哈哈哈，是這樣嗎？」東湛很快地笑顏逐開，他這個人很好說話，只要有讚美，他就能很快將負面情緒拋之腦後。

聽著你一言我一句，大伙都圍繞在東湛身邊高聲談話著，唯獨上官申灼沒有加入。

他內心深處始終盪漾著一股異樣感，他也說不上來，總覺得本是熟悉的人忽然變得陌生，變得遙不可及無法觸碰。上官申灼突然想起什麼，摸了摸自己的肩膀，那時候東湛無意識搭他的肩，以往無心的舉動在現在看來都變得相當不對勁。

雖然沒有將態度表現出來，但上官申灼決定要留心眼前青年的行動，直到他心中的疑慮完全消除為止。

東湛完全融入了警備隊，甚至更加的活躍，也不再出包。其他人都當作是他對這份工作漸漸上手了而不怎麼在意，但上官申灼可不這麼認為。

以前他是隻無論做什麼都力不從心、無法順利完成任務的菜鳥。無論做什麼都小心翼翼，戰戰兢兢深怕搞錯其中一個環節，現在卻宛如脫胎換骨一般，老練到不行。實在很難將上個禮拜的東湛跟如今的東湛畫上等號，明明也才過了短短幾天，個性竟然也有如此大的變化。

之前的東湛，雖然自戀且時常出包，但秉持著一顆善良真誠的心，每每都能化險為夷，或許是自身累積的福報都能在關鍵時刻派上用場的緣故吧？

但現在這個東湛太過冷靜且理性，完美得不像他原本的樣子。這是這陣子觀察下來上官申灼得出的結論，東湛不會是跟某個人靈魂互換了吧……

但這是不可能的，這樣的事從未在陰間發生過。上官申灼忽然一頓，有個念頭一閃即逝，靈魂互換在其他人身上或許行不通，但東湛呢？從最初的水鬼事件開始，他不是本來就是無法以一般陰間邏輯歸納的存在嗎？

「上官申灼，你在想什麼？」東湛的臉湊了過來，隨即喚回對方的思緒。

「沒事。」上官申灼不由自主倒退了一步，輕輕甩了甩頭，努力將注意力放在眼前的任務。

就在剛才，他們又接到了通報，要去中央十六街處理酒客鬥毆事件。最近類似的事頻頻發生，好似陰間所有人的情緒都起伏不定，陰間住民不再是原本少有情緒的靈體，有什麼正在這裡悄悄醞釀著。

「你們再繼續爭吵下去，將依照《陰間治安安全條例》逮捕各位！」上官申灼面露煩躁，咬著牙吐出威嚇的警告，就連他的情緒也不小心被牽動起來。

「哼，以為我會怕你不成！」酒客持續叫囂，搖搖晃晃走了過來，「少管鬧事，還是你也想挨揍？」

上官申灼毫不畏懼地瞪回去，「勸你停止現在的言行舉止。」

酒客刻意靠近上官申灼的臉，呼出一口帶有濃濃酒精味的氣，「真是的，幹嘛那麼嚴肅，如果逮捕我的話你也會惹上麻煩喔？」

「什麼意思？」上官申灼的眼神一凜。

「我也會還手的意思啦，笨蛋，哈哈哈。」酒客放肆地大笑著，其他人聽見也跟著訕笑起來，空氣中散布著滿滿挑釁的氛圍，雙方看起來一觸即發。

「大哥，有話好好說啊。」東湛眼見苗頭不對，立即跳出來打圓場，趕緊把人從搭檔身邊拉開，「多一事不如少一事嘛，要是真打起來誰都沒好處不是嗎？」

「你以為我會輸嗎！」男人的神智顯然被酒精沖昏了頭。

「快要宵禁了，趕緊回家去吧。」東湛轉過頭迅速朝上官申灼眨了眨眼，把男人拉到角落去說話。

「這樣就想打發我嗎！」酒客依然不想配合，執迷不悟地說道：「我跟我兄弟就待在這不走了，你是能奈我何！」

說罷其他酒客也紛紛上前助陣，幾個壯漢將東湛團團圍住。很顯然，東湛根本無法解決眼前的突發狀況，上官申灼見狀換上警戒的表情，連忙走過去。

「好啊，我就看看你有什麼能耐！」東湛被圍在中間依然不慌不忙，神色自若地笑彎了雙眸，「希望你鬧得越大越好。」

「別想命令我！」酒客被東湛的口氣激怒，伸手狠狠一推，但內心深處卻有塊地方在發癢，令他覺得有些難受。

東湛順勢倒在地上不起來，上官申灼趕緊蹲下查看傷勢，「東湛，你沒事吧！」

「我沒事，不過……」

「不過什麼？」上官申灼急著追問。

「不過你可能要注意一下後面喔。」東湛輕聲提醒。

「什麼？」

說時遲那時快，有名壯漢抓起上官申灼就往身後摔去，他立刻反應過來，毫髮無傷落地站穩後迅速擺出戰鬥姿勢。

上官申灼本來想拔刀出鞘，但最終還是沒有動作。這些人都是有陰間居留資格的住民，光憑眼前的狀況不足以直接將他們消滅，只能強行制止他們滋事的行為。「你們知道那麼做會有什麼後果嗎？」警備隊只能先逮捕這些人，除此之外束手無策。

酒客們沒有說話，他們只是眼神茫然地瞪視著他，就連前一刻還在碎嘴不止的男人也只是發出無意義的呻吟。下一秒，男人原本空洞無神的眼光竟然變得混濁，接著整個染黑。

眼前四個渾身充滿酒氣的中年男子，都流露出相同的表情、相同的情緒，像是憤怒到無法抑制。有一瞬間，上官申灼無法確信自己面對的是什麼東西。

他們發動了攻擊，上官申灼迅速閃過第一個人迎至面前的拳頭，然後接連閃過後續攻擊。這些人的攻勢毫無章法，就只是不停揮拳，全然沒有為下一個招式鋪路，但是人數卻也是個問題……

上官申灼立即轉過頭，望向搭檔尋求協助，「東湛……」

東湛已經起身了，然而他只是站在一旁，沒有要伸出援手的意思。當兩人目光接觸時，青年緩緩地露出一個神祕的微笑，眼神卻毫無溫度。

上官申灼一下子愣住了，他的理智判斷出一個事實——東湛有問題。那些男人在與東湛接觸後，就像積累已久的怒氣被煽動激發了。

上官申灼來不及多加思考，就被眼前的狀況打斷。幾個男人趁著空隙一擁而上，明明實力遠遠不及他，卻像是有特殊能力一樣緊緊將他擒住。

其中一名醉漢將酒瓶砸碎，把武器逼至他眼前。上官申灼看著反射著危險光芒的酒瓶鋒利斷面，想不透事情為何會演變至此。

酒瓶的碎片刺進了上官申灼的胸口，他吃痛地皺起眉，在失去意識的前一秒，映入眼簾的東湛面無表情，只是冷冷地看了過來。

「阿申、阿申！」

躺在病床上的上官申灼緩緩睜開雙眼，表情淡漠地看向滿臉擔憂守在床畔的第三分隊隊員。他們見他轉醒紛紛靠上前來，其中唯獨沒有搭檔的蹤影……

「東湛呢？」

「東湛去處理酒客鬧事後續的事情了。」檀很快回話，「阿申你沒事吧？有沒有哪裡沒修護好，有需要的話可以讓醫療救護組再過來一趟。」

「申哥！」墨良徹誇張地哭哭啼啼著撲到上官申灼身上，聲音哽咽，「真的是擔心死了，明明那麼強竟然會發生這種意外！」

「意外？」

「對啊，東湛說的。」墨良徹哭紅了眼，吸吸鼻子又說：「申哥不小心跌在了破掉的酒瓶上，幸好不是什麼傷及魄心的重傷，只要休息一下就可以回警備隊了。但我還是希望申哥多休息幾天，我跟亦哥都可以暫代申哥的職務！」

墨久奕在一旁附和地點頭。

上官申灼頓時無言以對，實際在他身上發生的，跟阿徹聽到的很明顯不是同一回事。

「可惡，誰敢傷了申哥，我一定把他大卸八塊！」墨良徹滿臉憤慨的樣子，眼眸深處都要燃出怒火。

「這些鬧事的陰間居民，應該會被剝奪居住資格，永遠被趕出這裡吧。」茜草補上一句。

「呿，這樣還太便宜他們了！」

「被趕出這裡的話，」檀若有所思地開口，「會經由審判進入輪迴吧，你們知道嗎？」他頓了一頓，還有話沒說完。

「嗯？」其餘三人一齊將視線落在男孩身上。

「陽世就像另一個地獄，是各種欲望交織在一起的世界，說是煉獄也不為過喔。」說著，男孩向他們奉送一個純真的笑容。

其他人不約而同地身子顫抖、寒毛直豎，墨良徹迅速躲到哥哥的背後，「好可怕。」

茜草則是故作鎮定地聳了聳肩，表示他平常早已習慣了男孩的荼毒。

「東湛他……」上官申灼艱難地開口，想了想，最後只是說：「他沒事吧？」

不知道為何會有此一問，墨良徹表情奇怪地回覆，「東湛沒受傷，聽說是他一人制伏和逮捕那些鬧事的醉漢，那小子是想獨占功勞吧？竟然沒有在第一時間請求支援。」

上官申灼問道：「聽說？聽誰說的？」

「東湛自己說的。話說回來，那小子的身手是不是變得很厲害啊？」墨良徹歪了歪腦袋，覺得有些不可思議，「很多任務都能獨自完成也不需要幫忙了，適應速度比新人時的茜草還要好多了。」

莫名被點到名的茜草不高興地撇了撇嘴，卻也認同對方的話，「這樣不是很好嗎？以後東湛也能替我們分擔一下事務了。」

「我們在這邊耽擱夠久了，總不能一直讓辦公室唱空城。」檀忍不住催促大家，走了幾步又回過頭來，「阿申，我們就不吵你了，好好休息吧。」

其他人見狀，也匆匆跟著往外走，同時不忘跟病床上的男人揮手。

病房房門又再度被關上。上官申灼保持著沉默，他的傷已無大礙，但心裡的疑問卻沒有獲得解決。他被背叛了，被他一直以來信任的人背叛了。即便是待在病房的此刻，仍舊不知道自己該做何感想。

這時候房門又滑開了，來人是東湛。

「你來做什麼？」上官申灼難掩怒氣，平板的語氣帶有一絲苛刻。

「我們是搭檔啊。」東湛卻如往常般說話，好似他們之間什麼都沒發生，「我帶了水果來看你。」說著舉起手中一顆飽滿的蘋果。

「看到你沒事真是太好了。」東湛慢條斯理地削起蘋果皮，上官申灼只是冷冷地望著他。

「……你認為為什麼會這樣？」

東湛停下動作，困擾地皺起眉頭，「傷害你的可不是我，我知道你還在為那時我沒有及時協助生悶氣，但有什麼辦法，我可是嚇得無法動彈耶！而且你本來就比我厲害，誰知道你也會有失手的時候。」

「這就是你想說的話？」上官申灼越發覺得眼前的東湛很是陌生。

「我只是想表達，一次失敗重新來過就好了啊。」東湛嘆了口氣，將削好的蘋果兀自塞到對方手中，「我是你的搭檔，你可以信任我，應該說你只能信任我。」

隔天，上官申灼照常回到警備隊執勤，但原本就冷冰冰的臉這下簡直快要跟移動的冰山沒什麼兩樣了，只有東湛仍毫不在乎地跟他搭話，即便屢屢碰釘子也不以為意。

警備隊的其他人不是傻子，直覺地判斷他們之間肯定發生了什麼，不然上官申灼的反應實在是太不尋常了，不過他們也只敢私底下議論紛紛。

「難道是小倆口吵架了嗎？」檀抱持著看好戲的心態，小聲地說。

墨良徹第一個跳出來反駁，「申哥才沒那麼沒眼光！」

「看起來不像，」茜草也低聲回應，「東湛那麼貪吃，他肯定是偷吃了隊長的食物。」

檀朝搭檔翻了個白眼，「阿申又不是你，心眼沒那麼小。」

墨久亦則是一臉好奇地問：「茜草的心眼很小嗎？」

「問本人這種問題，不覺得很失禮嗎！」茜草氣嘟嘟地轉身回去座位。

話題突然開始又倉促地結束了，其他人自討沒趣，也轉身回到工作崗位。

然而屋漏偏逢連夜雨，這時又發生了另一起事件，驚動了整支警備隊，三隊的分隊長們甚至因此召開聯合會議——宵犬竟然在一夕之間全失蹤了，毫無預兆，就這樣安靜無聲地從陰間蒸發了。

めんじゅう　ふくはい

陽奉陰違

第二章　轉換

MENJUUFUKUHAI

「有人在嗎？」東湛扯開喉嚨，拚盡全力呼喊，希望有人聽到他的求救，「有人的話可以回應嗎？哪怕只有一聲都好！」

然而，回答他的始終只有一室靜謐，他被關在這裡已有一段時日。

這裡什麼都沒有，眼前只有不知從哪透出來的淡淡光線。他分不清現在是白天或黑夜，有道看不見的牆把自己關在這裡，空間裡唯一的物體只有那道小小的門，跟他當初在暗巷看到的門如出一轍。

他不知道原本關在這裡的傢伙跑去哪了，如果對方冒充他跑出去胡作非為的話……東湛閉上雙眼沉思，但越是想釐清紛亂的思緒，腦袋就更加混濁，根本無法冷靜下來。

他不知道原本在這的傢伙是如何度日的，他根本無法想像，腦海才浮現一點畫面出來，他就覺得要瘋了。

「一定是這裡把那傢伙給逼瘋的，」東湛生氣地碎念起來，「等我從這裡出去，絕對要找到他弄清楚……話說回來，不知道上官申灼怎麼樣了，還有警備隊的其他人……」

其實這裡並非真的什麼都沒有，每隔一段時間空間就會出現低頻率的微微震動，像是地板之下有什麼正在滾沸著。因此東湛才會不管喉嚨已經啞了，還是一遍一遍地喊叫，希望外面會有什麼人聽見。

「嗚嗚嗚。」東湛忍不住哭了，他不知道自己的哭聲有多慘烈，就這樣持續了一段不算短的時間。

門口的方向忽然有了動靜，有人拉開了門外的貓眼遮罩露出眼睛，好奇地往裡頭張望著。因為罩著防毒面罩，那雙眼睛看起來沒什麼生氣。

東湛察覺到視線，倏地停止了哭泣，他不敢置信地睜大雙眼，「尼爾森，是你嗎？」

尼爾森就是那個來自地獄的看守人，東湛曾跟對方有過幾番交涉。這時候，尼爾森也總算瞧出了端倪，「你是，東湛先生？」

東湛哭得很傷心，表情十分哀慟，眼淚如決堤的洪水，胸部急促起伏，像是忍受不住莫大的痛苦。

「你還好嗎？」上官申灼只好上前關心。

「身為犬舍的負責人，牠們就是我的責任，可是竟然集體走失……」東湛帶著哭腔回答。

「怎麼看都不像是走失吧？」

「那不然呢？」東湛執拗地反問，「宵犬在陰間安全得很，還有誰會去動牠們！」

「安全？」上官申灼挑起了眉，「所謂安全是相對的，只要是存在於世上，任何事物都有與之相剋的東西，宵犬也不例外。」

東湛停止了哭泣，抬起紅腫的雙眼詢問：「那接下來我們該怎麼做？」

「盡可能蒐集情報，釐清凶手的身分。」上官申灼很快地做出判斷，腦袋中已構築了清楚的思路。

「什麼凶手啊……說得好像宵犬已經遇害了。」

「不排除有這個可能。目前只有高層還有警備隊知道宵犬失蹤，我們必須得在造成人心惶惶之前盡快解決。」

東湛沉吟片刻後說：「宵犬平常活動的範圍有限，我們可以先從犬舍周邊調查看看有沒有什麼線索。」

「不，」上官申灼一反常態否決了提議，「我們這次恐怕得分開行動了。」經過上次他始終不覺得只是偶發的意外，他對搭檔的信任顯然再也無法回到從前了。

「什麼意思？」東湛愣了愣，試探性地詢問。

「你是最了解宵犬的人，所以犬舍這邊交由你來負責。我去大範圍搜查，如果發現什麼的話再用銅鏡聯絡。」乍看是為了要盡快破案的做法，實際上則是不願再跟東湛一起行動了。

「可是，我們是搭檔不是嗎？」東湛繼續不屈不撓地追問。

「是。」一如上官申灼的作風，連回覆都是如此簡潔俐落，「但這是目前最不浪費時間的做法，必須趕在消息擴散之前盡快找到宵犬。」

東湛聞言，只是面無表情地看著上官申灼，而後笑了笑，「犬舍這邊有什麼線索的話，會立刻用銅鏡聯絡你。」

上官申灼點頭，很快便離開現場。四下只剩東湛一人，他左右張望一番，原本擔憂的表情逐漸褪去，取而代之的是滿臉的無所謂。

他抓了抓頭髮，輕聲笑了起來，「看來是被防備了呢，不是都說了嗎？我們可是搭檔，要好好信任對方才行。真是個不乖的孩子啊，徐生。」

既然都被識破，那便無須再偽裝了。

「東湛先生什麼時候變成了地獄的階下囚了呢？」地獄看守人不解地問。

東湛差點被自己的口水給嗆到，「你說這裡是哪裡，你再說一遍！」

「這裡是地獄。」尼爾森好心地複述。

「我就知道、我就知道！」東湛氣急敗壞，不斷在原地跳腳。

「東湛先生？」

「原先關押在這的傢伙跑去哪了？」東湛滿臉急迫地湊近尼爾森，即使隔著一道門，尼爾森還是能感受到他眼中散發出的怒氣。那炙熱的程度不輸給地獄的業火，地獄看守人稍微轉開了視線。

「沒有任何人能夠從這裡逃脫。」

「那先前的怨靈你要怎麼解釋！」

「上次的下級怨靈逃脫事件純粹是個意外，是看守人的疏失導致。」尼爾森無奈地擺了擺手聳肩。

「上次的下級怨靈，那是什麼意思？」

「地獄會把怨靈依強弱分為上中下三個等級，上次的怨靈只有下級，對陽世的危害程度不大，所以高層就讓我們先擱著。」

東湛想起那個總是志得意滿的金髮男人，「克勞倫斯可不是會甘願處理下級程度的怨靈還被擺一道的人。」

「噓，你說了不該說的話，東湛先生。」尼爾森立即擺出噤聲的手勢，刻意放輕了語氣，「克勞倫斯大人只是被派去的，原先我們也以為是上級怨靈。克勞倫斯大人說會殺了那個造謠的始作俑者，也不知道是不是說說而已，真是個大笨蛋。」

「你才是說了不該說的話吧，還是當著我的面！」東湛整個傻眼，「而且你的重點是不是放在後面了？」

「是嗎？」尼爾森沒有否認。

「別說這個了！快點讓我出去，原本在這的傢伙跟我交換了身分，很可能做了什麼危險的事情！」東湛急著想離開。

沒想到下一秒尼爾森卻說：「我為什麼要相信你呢？」

「可是、你不是——」

「你很可能是我認識的那位東湛先生，也可能不是。」尼爾森打斷東湛，「這都只是你的片面之詞不是嗎？關押在這裡的全是一些不安好心的囚犯，像你這樣狡詐的也不是沒有。」

「我真的是本人啊！不過睡一覺起來，人就在這裡了……」東湛百口莫辯，說的理由不要說尼爾森了，連他自己都存有疑心。

尼爾森一眨也不眨地盯著他看，雖然看不到面罩底下的臉孔，但東湛能感覺得出對方的目光正駐足在自己身上。

「果然是個騙子。」果不其然，對方的反應完全在他的意料之內。

「就說我沒有說謊了！」東湛快要崩潰了。

「我還是不能把你放出來。」尼爾森說著就要邁開腳步離去。

「等等。」東湛趕緊出聲叫住對方，「別這麼無情嘛，我剛剛說了這麼多還不足以讓你相信嗎？我可是有提到克勞倫斯，原本關在這的傢伙肯定不會知道。」

「克勞倫斯大人在地獄是無人不知無人不曉。」尼爾森不以為然。

好吧，他的如意算盤打錯了。東湛撇了撇嘴，不死心地繼續糾纏。

「那上官申灼呢？」東湛決定出賣自家搭檔，「上官申灼只是個陰間公務員，名氣沒有克勞倫斯那麼大吧。」

「……是沒錯。」尼爾森不得不認同對方說的話。

眼見有可能出現轉機，東湛鍥而不捨地繼續進攻。

「你們不是還幫助我混進審判廳去救上官申灼嗎？當天的對話我記得一清二楚，要複述一遍給你聽嗎？」

尼爾森若有所思地沉默片刻，立場卻絲毫不變，「即便如此，我還是不能替你打開門。」

「可是，我不是都說了——」

「我沒有打開門的權限。」

「那誰才可以打開門？」

「門。」

「什、什麼？」東湛愣住，發覺自己無法理解對方話中的涵義。

「通過門的考驗才能從這裡脫身。」

東湛不禁退開一步，聽到出去的關鍵就在這道看似沒什麼特別的門上，一時之間不知道該做何感想。

「你說的考驗，具體來說要怎麼做？」

「很簡單，你過來一下。」尼爾森整個人貼到貓眼上，朝著他的方向招了招手。

東湛雖然不明所以，但還是侷促不安地將耳朵貼過去。

「只要……那樣做的話……」

「哪樣？」

「只要再死一次。」

「你說什麼？怎麼再死一次，你話說清楚啊！」東湛慌張地抬起頭，這一刻，門的方向突然彈出一顆石子大小的結晶，不由分說地擊中他的額心。

東湛受到突如其來的強烈衝擊向後倒去，靈魂像是被抽離一般，意識逐漸渙散，他覺得自己正在遠離這個世界。

陰間到處都是鬧哄哄的一片，警備隊被迫放下手邊的工作去尋找宵犬的下落，其他部門也派出了支援的人手。最近三天兩頭就發生不尋常的事件，上官申灼內心深處也感到隱隱不安。

看著大伙焦頭爛額的模樣，上官申灼的心緒也被擾得有些浮躁。他拿出一張陰間地圖，將搜查過的區域標示出來，然而還沒踏足的地方比想像還多，若是要將這些地點找過一遍，勢必還得花上一週的時間，「真糟糕……」

墨氏兄弟從另一個方向走來，弟弟一看到上官申灼便主動上前，「申哥，你那邊如何？」

上官申灼搖了搖頭，「不行，沒什麼頭緒。」

「我們也沒查到線索。」墨良徹忽然察覺到什麼，扭頭張望，「怎麼沒看見東湛那小子，申哥該不會拋下他了吧？」原本只是想打趣，卻瞥見對方一語不發，這下換他面露尷尬，「你們不是搭檔嗎……」

「怎麼回事？」墨久奕問道。

「我只是認為分開行動更省時省力，當務之急是要先找到宵犬。」

「話是這樣說沒錯啦。」墨良徹還是覺得不對勁，「但你們最近真的很奇怪耶，是不是瞞著什麼我們應該知道的事情？」

「我和東湛仍然是搭檔，就這樣。」

「你和東湛是不是吵架了？」就連墨久奕也沒能忍住，跟著詢問：「最近我們多少都能感受到你們之間的互動跟平常不一樣。本來是想說放著不管的話或許會隨時間自然解決，但看樣子似乎沒有。」

「可能是之前發生那樣的事，心情還沒調適回來而已。」上官申灼不想在這話題上著墨太多，頻頻避開。那件事指的是他經歷回憶前世的懲罰，雖然最後他全身而退了，但也因此想起痛苦的往事。

墨久奕點了點頭，便不再追問。倒是弟弟沒那麼好打發，「我知道有哪裡不一樣了，是眼神啊！」墨良徹忽然大聲嚷嚷，「以往申哥談到東湛的時候眼神就會變得莫名柔和，可是剛剛就像是在談論陌生人。」

面對墨良徹的追問，上官申灼有些猶疑。在尚未確認之前，一切都只是他的猜測。東湛會變得不像他本來認識的那個人，肯定有什麼蹊蹺。

這時候忽然有人走近，看他們的打扮穿著像是一般的陰間居民，而且人數越來越多，來勢洶洶。

「聽說宵犬下落不明是真的嗎？你們警備隊的人就不能想想辦法嘛！」其中有個婦人尖聲質問，她的同伴跟著不停附和。看樣子紙終究是包不住火，走漏消息的速度比想像中還快。

「我們不便答覆未經證實的流言。」上官申灼既沒有承認也沒有否認，只是丟出一貫的官方回答。

婦人顯然有些氣惱，「是你們警備隊員透露的，難道此事還會是假的嗎？」

三人不禁面面相覷。

上官申灼頓時明白了，他知道那個唯恐天下不亂的人是誰，但現在無法向其他人解釋，「我們警備隊會處理，宵禁時間請待在家中不要出門。」

他匆忙叮嚀了句，轉頭就要離去。早知就不該放任東湛獨自行動，應該要時時刻刻盯著才行。那人之所以這麼做，恐怕是連藏都懶得藏了。

「你不准走！」婦人伸手阻攔上官申灼，卻一個沒站穩跌倒在地。墨氏兄弟趕緊跑來將婦人扶起，但在場的人群還是更加激動。

「交給你們了。」上官申灼抬眼望了望天色，朝兄弟倆使了一記眼色。沒時間了，所有不好的東西都會在夜晚傾巢而出。

「瞭解。」兄弟倆立即心領神會，同時擋住人們的視線，不斷地安撫他們不滿的情緒，好讓上官申灼順利離去。

在前往犬舍的路上，上官申灼的八卦銅鏡忽然響了起來，他很快接起，鏡中浮現的是東湛焦急慌張的臉，「上官申灼，快點來，我找到宵犬了！」

「……你現在人在哪裡？」

東湛迅速報出所在位置，那是離犬舍有一段距離的荒地。

上官申灼切斷通訊，立即改變方向前往東湛指定的地點。他知道這是為了引他過去的陷阱，但還是非去不可，不然無法獲得讓人心服口服的答案。

上官申灼抵達的時候，東湛獨自站在峭壁邊若有所思，直到發現他的到來才緩緩地回過身來。

「你來了啊，上官申灼。」東湛看到他出現，神情難掩興奮。

「宵犬呢？」上官申灼劈頭便質問，心裡早已猜測宵犬的失蹤十之八九與東湛有關。

「宵犬都在這下面呢。」東湛指了指了峭壁下，那裡是深不見底的黑暗，「你要過來看看嗎？」

「不必。」上官申灼斷然拒絕，起初他還只是懷疑，現在他敢確定面前的絕不是他認識的那個東湛，他已經識破這東西的狐狸尾巴了，「你在說謊。」

「嗯？你指的是哪件事呢？」東湛不名所以地偏過頭，露出困惑的表情。

「無須裝傻，你不是東湛。」上官申灼說。

「呵呵。」假東湛笑得很歡快的樣子，「原來你是想說這件事情啊，這很重要嗎？」

「把東湛還給我！」上官申灼怒視著對方。

「還？」假東湛搖了搖頭，「東湛可不是你的物品，真要說的話他可是屬於我的。」

「什麼？」

「就好心告訴你吧，我是東湛，東湛同時也是我。」假東湛忽然話鋒一轉，「不過我很好奇，你是從什麼時候發現的？」

「直覺。」上官申灼想也沒想就說：「東湛雖然話很多，但可沒像你這樣討厭。」

「你這是挾挾帶私人恩怨嗎？這種話可不像是你會說的。」假東湛一臉無謂地聳了聳肩。

「不要自以為你很了解我。」

假東湛「噗哧」一聲笑了出來，「我遠比你以為的還要更加了解你。我一直都在這裡看著你，看著你們。」他很滿意對方此刻流露出來的困惑，「只是你們都不知道。」

「你說的這裡是哪裡？」

「這下面啊。」假東湛指著他們腳下踩的這片土地，在那下面的只有……

「酒客鬧事也是因為你的緣故吧？」有件事上官申灼必須搞清楚，「陰間居民向來不會有那麼鮮明的情緒波動，是你讓他們變成那樣。」

「陰間的人不是沒有情緒，只是欠缺誘發的契機，我不過是順手推舟了一把。」假東湛面帶笑容地說。

「你！」上官申灼為之氣結。

「你難道不也是這樣嗎？現在恨得想殺了我對吧。」假東湛誇張的睜大了眼。

「我沒有那樣想過。」上官申灼否認。

「你有沒有對我來說也不重要了。」

「你這話是什麼意思？」

假東湛沒有回覆他的疑問，只是很快地開啟另一個話題，「你難道不想知道宵犬去哪了嗎？」

「果然你就是真凶。」

「宵犬不過是成為了我的養分，所以可沒有下落不明喔，只是你們看不到罷了。」假東湛笑瞇了眼，嘴角逐漸上揚。

「這麼說起來——」上官申灼還以為自己聽錯了，心中的不安不斷擴大。他不確定自己想聽到什麼答案，不過有件事或許沒錯，他現在恨得想殺了眼前的人。

「那些小可愛如此喜歡我，毫不吝於信任我，真是些討喜的傢伙，你真該聽聽牠們死前的哀號。」假東湛臉上的表情如今看起來殘酷許多，「雖然吃掉牠們費了不少勁，還需要點時間消化這些毛球。」

「你這麼做的意圖何在！」

「為了完成復仇，非得把牠們處理掉不可，這也是沒辦法的。」假東湛的語氣像是有萬般無奈。

「復仇？」

「總之我的目的達成了，先把警備隊孤立起來，然後就可以大鬧一場了！」

「你可以試試看。」上官申灼眼神一凜，拔刀出竅，強烈的氣場頓時籠罩。他心中的警鈴響個不停，直覺告訴他眼前的青年來頭不小。

假東湛稍微收斂了下，表情還是一副漫不在乎的樣子，接著張開雙臂站到峭壁邊緣縱身一躍，紅髮在半空中飛揚。

千鈞一髮之際，上官申灼及時趕上，拉住了假東湛的一隻手。

「你果然還是救了我啊。」假東湛的表情絲毫不顯得意外。

上官申灼雖然厭惡，但他終究無法眼睜睜看著「東湛」在他面前自盡，「不管你是東湛還是誰，在把全部事情交代清楚之前，我可不會讓你從眼前消失。」

「喔，你真是好心。」假東湛虛情假意地說。

聽到對方這麼說，上官申灼只覺得有股難以言喻的涼意竄過背脊深處，被假東湛觸碰抓住的手腕也宛如被螞蟻啃咬般有種噁心的癢刺感。不過他還是忍住了，握住伸來的另一隻手，緩慢但確實地將假東湛拉上來。

「真無趣，還以為會有不同的發展呢，刑務警備隊都是像你這樣的爛好人嗎？」假東湛自顧自地說話。

上官申灼原本一語不發，良久才從緊閉的牙縫間擠出一句話，「不要吵。」

假東湛的聲音驟然止住，他倒是很識趣地沒再說話了，只是默默盯著上官申灼看，盯得直讓人發毛。

片刻後假東湛整個人終於回到峭壁上，他像是經歷過激烈運動，疲憊地伸了伸懶腰，卻仍停留在峭壁邊緣，言不由衷地說：「真是謝謝你啊，以德報怨是不是就是說你這種人呢？」語調聽上去怪聲怪調的。

「廢話少說，把你知道的事老實交代清楚！」

假東湛一反常態，很快就答應了，「好啊，你想知道什麼？」

不知道對方又在盤算些什麼，上官申灼更加不安，表情依然險峻。

「那麼緊張幹嘛？我又不會吃掉你。」下一秒，只見假東湛的手溫柔地撫上上官申灼臉頰，「我會好好愛護你的，畢竟我們可是搭檔啊。」

「你——」上官申灼的臉色變得慘白，那瞬間他彷彿在昔日搭檔身上看見了某個故人的影子。

「沒想到會再見到你，該說是孽緣還是什麼。但你還是太礙眼了，記得不要再像那次一樣失敗了，知道嗎？」

上官申灼任由對方輕拍他的臉。這個假東湛的真實身分，謎底已經呼之欲出了。

但他不想承認，那個此生他最憎恨的人，「你——」

「噓，不要拆穿我喔。」假東湛制止他繼續說下去，「好了，時間到了。」

話語聲落下的同時，假東湛不知何時繞到了上官申灼背後輕輕一推。

上官申灼措手不及，整個人往峭壁下方墜落。

めんじゅう　ふくはい

陽奉陰違

第三章　徵兆

MENJUUFUKUHAI

東湛的第一個念頭是痛死了，痛這個詞已經很久沒在他身上發生過了，他劇烈地咳嗽起來，當睜開眼意識到周遭的時候，人已經回來陽世了。

用回來這個說法其實不怎麼符合現實，難道他復活了嗎？但現在他就是有這種難以言喻的感受，很奇特也很微妙。

遠方有人在叫嚷，聲音既緊張又急促。東湛被聲音吸引，循著聲源走了過去，眼前的景象令他大吃一驚。

那裡有個跟他長得一模一樣，無論是身形、樣貌，就連穿著都如出一轍，像是同個模子打造出來的複製人。

東湛左顧右盼，發現這個地方似曾相識，那個跟他長得一模一樣的就是他自己。這是他遺忘的片刻，尚未發生事故去陰間前的瞬間，為什麼如今又見到了這一幕呢？

那天天氣很好，晴朗的天空彷如蔚藍的畫布，只有幾朵白雲點綴。事情原本進展得很順利，然而下一秒，一輛停在路邊的工程車不知為何動了起來，朝著他疾駛過來……

從第三者的角度目睹事發經過，感覺完全不一樣，有種不知從何處萌生的不自然感，東湛發現心臟久違地狂跳不止，還有些耳鳴。

他看著自己倒在地上，身下是受到撞擊而流出的大量鮮血。很快地救護車來了，在眾人的呼喊及簇擁下，他被抬到了擔架上載走。

他想跟上，無奈腳步卻停滯不前。這時他注意到一旁工程車的門悄悄地打開又關上，上前去看卻沒見到半個人影，但這股味道不會有錯……

工程車竟然散發出他最熟悉不過的氣味，是碰過不少次的那個邪物，「餓鬼……」

但為什麼會有餓鬼在此現身？難道這其實不是一起單純的意外？這到底是怎麼一回事！東湛在心中吶喊著。

畫面隨即跳轉，他來到了醫院，鼻腔充斥著醫院特有的消毒水味。這些都是他曾經歷過的場景，只是不知為何忘記了，這是「門」要讓他想起來嗎？或許這關乎他能不能成功自地獄深處逃脫。

「那是我嗎……」東湛看見躺在病床上奄奄一息的自己，臉上戴著呼吸面罩，全靠一旁運轉的設備維生。病房不時有人出入，除了家屬，還有經紀公司的人。

接連出了那麼多事，他那苦命的經紀人看起來更哀愁了，東湛不禁對他感到有些歉疚。

「等等，這麼說起來的話……」他忽然想到了什麼，開始在醫院各處遊走，不斷瀏覽所到之處的每個細節。

然後他瞥見了牆上的電子看板，顯示的日期是他發生意外之後的十天。他在意外發生後馬上就到了陰間，可是躺在醫院的自己並沒有死亡……

這樣說起來的話，他不就還活著嗎？

一眨眼，眼前的醫院已消失殆盡，取而代之的是地獄深處的悶熱感，以及熟悉的空白空間。東湛下意識地左右張望，再次確認眼前的事實，忍不住皺了皺眉頭，「我又回來了……」

「如何，東湛先生？」尼爾森迫不急待地問：「再死一次的感覺怎麼樣啊？」

東湛沒有回答，知道自己其實沒死的真相，讓他想從這裡逃脫的念頭更加強烈。

「原來我還沒死，所以我現在是類似生靈的東西嗎！」東湛腦中一片混亂。

「從某個層面來說，你的確是死了沒錯。」尼爾森斟酌用字，想讓對方聽懂，「應該說就跟死了沒什麼兩樣，雖然很微弱，但我的確有從你身上感覺到靈的氣息。」

「那醫院的我又是怎麼回事？」

「這也是我百思不得其解的地方，明明不可能有這種事，而且從東湛先生身上感覺到的氣息也不完全。」

「不管了，我要從這裡出去！與其在這裡討論沒有結果的問題，還不如出去外面尋找真相！」東湛迅速從地上爬起來。

「我相當認同你的話，東湛先生。」尼爾森竟然拍起手來以示鼓勵。

這時候只聽見「喀啦」一聲，門自動打開了。

「看來門也認同東湛先生。」尼爾森不疾不徐地補充了一句。

「我可以問一件事情嗎？門到底是什麼東西？」既然門開了，東湛現在反倒不急著出去。

「門就是門啊。」尼爾森偏頭過，不是很理解這個問題的意義。

東湛換了一個問法，「為什麼門有意志決定我的去留，它難道是一種活物嗎？」

「在地獄沒有真正的生命，況且這些權利早就被剝奪了不是嗎？」尼爾森輕輕地開口。

「門就跟這裡所有的道具一樣，都有一套運作規則。它只是道具，卻可以深入你的內心深處，知道你自己知道或不知道的事情。」他就只是個確保它可以運作的守門人，如此而已。

東湛終於從門裡的空間出來了，忽然變得寬敞的視線令人一時有些難以適應，然而讓他更加反應不過來的是眼前的景象。

他所在的地方是某個在湖上的小島，視線所及之處還有許多其他的島，每座島上都矗立著一扇門，門旁都有一位像尼爾森這樣戴著防毒面具的守門人。

所謂的湖也沒有清澈的湖水，而是燃燒得火紅的岩漿，不時還會噴發出熱氣，偶爾捲來的風似乎還帶著點點火星，炙熱得讓東湛覺得整個人快要被烤焦了。

「這個是……」東湛猛烈地嗆咳，忽然有些頭昏腦脹全身無力，整個人就快要窒息。尼爾森為他戴上防毒面罩，下一秒立刻覺得好多了。

「空氣中有混合著十幾種成分的毒氣，請小心。」

「……你們是不是不打算讓人活著從這裡出去？」

「這裡是地獄，本來就是用來折磨罪行重大靈魂的特別機關喔。」尼爾森誠實地說，語氣還微微上揚，似乎很愉悅的樣子。

「……不要笑著說出這種恐怖的話啦。」

「我沒笑。」

「明明就有……」

「我沒笑。」尼爾森認真地強調一次。

「好啦、好啦，我知道了！」東湛識趣地轉移話題，「出口在哪裡？麻煩你在前頭帶路了。」

尼爾森卻只是搔了搔頭，有點困擾的樣子，「要出去也不是不行，只是會相當麻煩……」

再怎麼麻煩也沒有被困在門裡要麻煩吧？東湛還沒來得及將這句話說出口，忽然聽見火車駛過的隆隆聲，目光隨即被在遠方半空中行駛的列車吸引了過去。

東湛興高采烈地指著這輛突如其來的交通工具，說道：「我們可以坐這個出地獄吧？」

「恐怕是行不通的，那是通往地獄的專門列車——業火號。」尼爾森沮喪的語氣宛如一桶冷水澆下來，「通往地獄的列車向來只進不出……」

「世上哪有這樣的列車！」青年話都尚未說完，東湛就急著打斷。

「這裡可是地獄啊，東湛先生。」尼爾森溫聲提醒道，頓了頓才接續方才沒講完的話，「不過還是有其他方法可以出去。」

「你不早點說！是什麼方法？」東湛鬆了口氣，後又提心吊膽地問道。

「這個辦法伴隨著風險。」

「你這樣有說跟沒說一樣……」

「那先簽切結書吧。」尼爾森不知從哪裡變出一張他口中所說的切結書，還貼心地附上筆，「簽了之後，東湛先生的生死就與地獄無關了。」

「……可惡，簽就簽！」東湛粗魯地從對方手中搶過紙筆，飛快地簽上大名，「你們地獄真的很愛跟人切割耶。可以走了吧！」他現在只想趕緊離開這個地方，一刻都不想耽擱。

尼爾森滿意地點了點頭，收回紙筆和切結書，「跟我來吧。」

此刻的上官申灼被困在了崖壁下方，他本來可以透過八卦銅鏡與同伴聯繫，但在跌落下來的時候銅鏡竟摔碎了。他看了看手中的銅鏡殘骸，無奈之情溢於言表。

上官申灼忍不住扶額，深深嘆了口氣，明明再三告誡自己要時時提防，不料還是中了陷阱。

他的腿在墜落時骨折了，等傷勢自動修復需要花上一段時間。

他左右觀察著四周，這裡是中央街區外好幾十公里的荒郊野外。不僅不會有人來，就連雜靈也鮮少在此出沒，一直以來這個地方都沒人注意，甚至可說是安全地帶。

……看樣子也沒那麼安全。思及此，上官申灼不由得失笑。

過了一段時間，上官申灼感覺自己的傷處開始慢慢修復，他嘗試動了動身體，判斷不用多久就可以復原。

他開始整理目前為止的情報，假東湛說的復仇是什麼？還有……上官申灼怎麼也料想不到假東湛竟然會是「他」。一股油然而生的絕望感忽然包圍了他，他還是徐生的時候是如此弱小……

但現在的他是上官申灼，是刑務警備隊第三分隊隊長，不再是徐生那個傻小子，絕對不會再重蹈覆轍了……

上官申灼不自覺地陷入了悲傷的過往，當他意識到的時候，周圍的氣溫驟降，能見度也變得極低，黑暗不知何時像潮水般從四面八方湧來。他猛然爬起身，愕然發現自己被困住了。

一定是剛才的絕望將黑暗吸引來了，這樣下去的話，在逃出這裡前會先一步被黑暗吞噬。

上官申灼是第一次感到如此手足無措，顯然他身上警備隊獨有的正氣對黑暗已經不管用了，他一動也不敢動，同時又覺得莫名有些羞愧。他還是無法逆轉自己的命運嗎……

這時候，原先黑暗的空間忽然恢復了明亮，氣溫瞬間回到宜人的溫度，有人趕走了黑暗。

看清來者的身分後，上官申灼錯愕地出聲，「送刑者？」

對方正是陰間惡名昭彰、專門押解重刑犯的送刑者，面具上寫了大大的「肆」字。

他還記得東湛多次提過受到肆號的幫助，他也曾告誡過別跟送刑者走得太近，但對方沒把自己的忠告聽進去，還變本加厲……

難不成——

「你是來殺我的？」上官申灼猜測。

肆號只是搖了搖頭，或許是看見上官申灼眼中的質疑，他指了指上方，再指了指上官申灼的背後。

「你是說，你是跟在我後面來的？」上官申灼嘗試解讀肆號想表達的意思。

肆號點了點頭。即便如此，上官申灼還是無法真正放下心來，他知道送刑者都是怎樣罪大惡極之人，正因為他們都是具有相同特質的人，才會被編入相關單位。不過奇怪的是，他並沒有在肆號的身上感覺到汙濁的靈魂氣息。

「你跟假東湛是一伙的嗎？」上官申灼單刀直入問道。

然而這回肆號卻沒有給出答覆，而是偏著頭，像是自己也正在思考這個問題。

「你這傢伙！」上官申灼把肆號的回應解釋成敵意，臉色變得凝重許多。他二話不說拔刀，迅速發動攻擊，刀身映照出兩人的樣貌。肆號笨拙地往後跳開，身上的鎖鍊因而發出刺耳的碰撞聲。

肆號不想跟他正面對決的樣子，無論上官申灼使出何種凌厲的攻勢，他都只是閃躲，沒有還擊。攻擊接二連三一路突進，很快就殺到肆號眼前，上官申灼狠狠揮刀，肆號閃避不及，面具一分為二，露出了一張完美無瑕的臉龐。

「你、你是——」上官申灼看清肆號的長相，緩慢地垂下握著武器的手臂，瞪大了眼。他嘴唇無聲地動了動，過了漫長的好幾秒，才終於艱澀地吐出接下來的話，「你是東湛嗎……？」

怎麼會有兩個長得如此相像的人？不過仔細看的話，從細緻的表情變化還是可以看出不同，但給人的感覺卻又是極其相似。更不用說，原本的東湛不可能會出現才這裡才對……

「你到底是誰？」上官申灼按下腦內紊亂的思緒，強自鎮定地說道。

肆號勉強拉扯著嘴角的弧度，像是久未開口、已經忘記怎麼說話，試了好一會，才緩緩出聲，「我……我是……東湛。」

聲線有些低沉，聽起來是如此陌生，和上官申灼認識的那個東湛相差甚遠。

「你不是。」上官申灼立刻反駁，「你並不是東湛，但我感覺得到你們之間有著什麼關聯……」

「我之前因為禁制無法開口出聲，但三個魂格已經聚集，解開了束縛。」肆號說：「我是東湛的另一個魂魄。」

「你剛剛是說……魂格嗎？」上官申灼詫異地皺起了眉。

與此同時，在地獄深處的東湛與尼爾森已經走了好一陣子，周圍的景色幾乎沒有變化，處處透露著驚悚的氛圍。

一下是熱得要命的岩漿池塘，一下是冷得要死的冰寒牢籠，想像得到、想像不到的酷刑一應具全。剛開始東湛被嚇得一驚一乍，稍微適應之後雖然沒那麼驚慌了，但想離開的心情可以說是與時俱增。

接著他們終於抵達目的地了。尼爾森帶著東湛來到一處激流，激流的盡頭處有著向上捲起逆行的水流，直達天際，而在那之上就是地獄的出口。

「不會是得去那上頭吧？」東湛愣愣地抬頭往上看，看久了脖子都有些痠痛。

「這裡是地獄唯一的出口，跟列車相反，只出不進。」

「我又不是鮭魚！」東湛表情錯愕皺起眉頭，要像鮭魚一樣逆流而上根本是不可能的！

「你想繼續留在地獄嗎？」尼爾森問。

「當然不想啊！」東湛很快地否定，這是無庸置疑的。

「那麼就努力成為鮭魚吧！」尼爾森只是語焉不詳地補充。

東湛整個傻眼，「你倒是想想辦法啊！」

尼爾森無奈地嘆了口氣，「刑務警備隊的人比想像中還要沒用啊……」

「收起你的想像！」東湛壓抑著怒火，才沒有把眼前的地獄守門人爆打一頓，「這裡可是你的地盤，好歹也說明一下吧！」

「你看到那個了嗎？」尼爾森指向停靠在河畔的一艘獨木舟，「這就是通過這片河域時使用的交通工具。」

「這怎麼看都很不可靠吧……」東湛面露難色，「你真的沒有想害我的意思嗎？」

果然地獄沒有什麼好心腸的人，這不論怎麼看，到盡頭前就會被河水淹沒然後整個人連同獨木舟滅頂吧！

「東湛先生死掉對我沒有任何好處。」尼爾森很實際地說：「既然這裡有獨木舟，代表是唯一的通行工具吧？」

「為什麼要用疑問的語氣？」完了，東湛有種不好的預感。

「因為至今沒人從這裡出去過，東湛先生會是第一個使用的人。」尼爾森的口氣聽起來竟有些興奮，頻頻朝他看過來。

「沒辦法嘛，畢竟沒人可以離開這裡。」尼爾森補充，「這裡是地獄，本來就不是觀光地。」

「不是有旅行團會來地獄參觀嗎？」

「那是上面的想法，說是可以發觀光財，還叫我們這些守門人研發各種周邊商品。」尼爾森的語氣突然變得哀怨，這已經是濫用職權的職場霸凌範圍了。

「列車不是只進不出嗎？」東湛細思，忽然有個想法，「那這些人是怎麼離開地獄的？不就代表一定還有其他出口嗎！」

「他們是從……」尼爾森意識到即將脫口而出的話，趕忙摀住嘴巴，「不行，我不能說！」

「尼爾森！」東湛上前一把扯住對方的領子，想以武力脅迫。

「就算我告訴東湛先生也是行不通的！」尼爾森輕而易舉就掙脫了東湛的掌握，「那是員工通行的專用通道，要有員工證才能通過。」

「你的借我不就行了？」

「東湛先生，你饒了我吧！」尼爾森趕緊拉開彼此的距離。

「好吧。」東湛也不是會強人所難之人，看來他只能正視眼前的難題了。

他看了看這艘獨木舟，過去摸了摸，發現沒想像中那麼輕薄，是用不錯的木頭打造的，就是不知道實際操作有沒有如想像中簡單。

反正也不可能再更糟了，對吧？

「喔對了。」

「又怎麼了？」

「水底下有專食魂魄的生物，前進的同時要記得躲過牠們。」尼爾森一臉雲淡風輕地開口。

「這麼重要的事情你一開始就要說啊！」

「剛剛才想到。」尼爾森聳了聳肩。

「你說專食魂魄的生物，沒有更具體一點的說明嗎？」東湛覺得自己的額角隱隱冒著冷汗，「例如外觀是什麼樣，體型大嗎？是群體行動嗎？」

「嗯……」尼爾森歪頭，做出思索的動作，「等我一下。」

「麻煩你想快一點！」

尼爾森突然拿出一張紙來，開始在上頭專心致志地作畫塗鴉。

過了幾分鐘，尼爾森總算完成畫作了，隨即將紙轉過來亮相。上面畫著的無疑是妖怪，下半身是魚的尾巴，上半身不像是人的樣子，但有人的四肢，眼睛很大，總之就是四不像。

「這是什麼，你可以解釋一下嗎？」

「這是陵魚喔。」

「這怎麼看都不像是魚吧！」

「《山海經》有紀載，陵魚是水陸兩棲的生物，魚身且有人的手足是牠最大的特徵。」

「你倒是知道得滿清楚的嘛……」

「因為我前幾天才看過，」尼爾森說：「牠有時候會上來陸地覓食，個性稱不上和善，但還過得去。不過東湛先生，你可要小心啊。」

「小心什麼？」

「陵魚在水中就會特別暴躁，雖然平時是吃一些水生植物，但牠們絕對不會放過新鮮的魂魄，畢竟那可是比植物還要好吃一百萬倍的食物啊。」

「不用你提醒我有多好吃啦！」東湛迅速遠離河邊，河面上依然沒有任何動靜，很難想像在那之下有著駭人的怪物，「這樣根本就沒辦法渡河嘛！」

「不，還是有辦法的。」

「……你可以一開始就把話說完好嗎？」

「陵魚長期居住在水底深處，視力並不好，全憑聽覺行事，只要動作別太大應該就沒事。」

「太大的動作，是指怎樣的程度？」

「不太清楚，或許你可以試試。」尼爾森攤了攤手。

「這種說法也太不負責任了吧！我才不想死在這裡，」東湛接近崩潰地抓著自己的頭髮，「但也不想放棄這個大好機會！」

尼爾森逕自走到獨木舟的附近，轉身朝他招了招手，「要就快一點行動吧，不然要來不及了。」

「這是什麼意思？」從對方的話中嗅到一絲不對勁，東湛頓了頓，抬起目光，直視著地獄守門人。

「看到那道逆行的水流了吧？」尼爾森指向遠處那道逆行的漩渦，「它通常只會在一天的某個時段出現，錯過就必須得等到隔天，但是地獄時間是錯亂的，並不是像陽世或陰間那樣運作，有時候一天長達五六十個時辰。」

「……所以說，我還剩下多少時間？」

「三十分鐘。」

人有三魂七魄，那三魂便是魂格，分別是天魂、地魂與人魂。

肆號就是東湛的其中一個魂格。照他的說法，那就代表東湛來到陰間的時候，身上的魂魄並不齊全，這也說明他的特殊能力是由於缺少了其他魂格，才能直接碰觸到魂魄的核心深處。

至少有一點可以確信，肆號就是東湛，是東湛的一部分。

「這就是為什麼你會時常出現在東湛身邊？你在保護他。」上官申灼確認道，這樣一切就說得通了。

肆號點了點頭，「九世之前的前世進入輪迴時不知出了什麼差錯，導致魂魄分離。在那之後，我一直在墓地徘徊，想找回其他兩個魂格，卻陰錯陽差進了陰間，成為你現在看到的樣子。」

「你雖然是送刑者，我卻沒有從你身上感受到一絲邪惡的特質。」上官申灼陳述他觀察得來的事實。

「我是被陷害的！變成這副樣子非我所願。」肆號突然變得很激動。

「被誰？」上官申灼追問。

「被另一個我……」

上官申灼陷入了沉思。既然肆號是東湛的三個魂格之一，那就還有另一個魂格存在，他說陷害自己的另一個自己應該就是那個魂格。

肆號早在東湛到陰間之前就已經成為送刑者了，這就表示——那個人在遠比肆號跟東湛更早以前，就已經待在陰間了，並且還為此策畫了一連串縝密的計謀，但這個魂格的意圖何在？

「曾經犯下罪孽的也是那個魂格，但他嫁禍於我，自己躲藏到更深處的地方，我怎麼找都找不到，直到東湛出現了……」

「東湛不知道你的身分？」

「不知道。」肆號搖了搖頭，「但我覺得他應該會知道，畢竟我們是不可分捨的存在……」

「肆號，你知道另一個魂格現在在哪裡嗎？」

然而，肆號的回答卻再一次出乎意料，「你們不是已經碰過面了嗎？」

「是什麼時候的事？」上官申灼愣住了，如果真的遇上對方的話，他不可能渾然不覺……

難道——瞬間，他恍然大悟。

「你們剛剛的對話我都聽見了。」肆號的反應已經證實事實確實如上官申灼所想。

「假東湛，不，」上官申灼更正自己的說法，「那個人，他的目的是什麼？還有原本的東湛去哪了？」

只見肆號臉色一沉，「現在最緊迫的事情就是要盡快找回另外兩個魂格，必須讓三魂歸回一體，如果那個人是在做那件事情的話……」

「你知道他想做什麼？」

「當其中一個魂格的意識高過其他兩個魂格，並將另外兩個魂格吞噬掉的話……」肆號頓了頓，表情難看地皺起眉頭。

「會發生什麼事情？」上官申灼催促道。

「那麼主體將會由該魂格主導。」

「所以，這就是他的目的……」上官申灼喃喃道：「他想將這個身體占為己有，然後重新以這個身分活下去。」

這樣說起來，之前無法解釋的狀況都瞬間合理了。但問題又回到原點，這麼做對那個人有好處嗎？因為東湛已經死了，就算搶下他的主體也無法回到陽世。

除非事情根本就不是他想的那樣，一開始東湛就沒死。但這個荒謬的念頭很快就被上官申灼自己否決了。

不過有件事實是可以確定的，就是那個魂格並非善類，而且來勢洶洶，正策畫著所有人都無法預測的陰謀。

到那時不只是陰間，甚至連地獄都容不得他的存在，可能會嚴重影響並打壞陽世和陰間兩界的平衡。

「那個人處心積慮想吞噬其他魂格，進而占據主體。」肆號繼續說下去，「我不能讓這樣的事發生，所以只能竭盡所能守護東湛，但看樣子一切都為時已晚……」

「東湛被吞噬了？」上官申灼目前只能想到這個可能。

「不，還沒有。」肆號小心翼翼地說：「雖然不知道他現在身在何處，但就快了。」

「沒有可以阻止的方法嗎？」

「如果我猜得沒錯，那個人是想在三魂歸回本位後進入輪迴轉世，如果我們在那之前攔截的話，就有轉圜的餘地。」

「你還知道什麼，快點說。」上官申灼覺得自己的耐心快要被磨盡了。

「我們必須弄清楚那個人的前世是誰，又是因為犯下什麼大罪，死後才會被囚禁在地獄，然後找出那個人的弱點。有一個道具正好可以幫上我們。」

「九世鏡。」上官申灼直接替肆號揭露謎底。

九世鏡能夠映照出上一世的模樣，可一路回溯九世，是審判廳的鎮廳法寶。早期甚至被拿來作為審判罪人的道具，判官會根據九世鏡顯現出的樣貌來做為定罪的根據。

每一世的輪迴都與上一世息息相關，如果沒有積累足夠的善報，那麼下一世依然會被打入相同的困境，甚至是更加惡劣的環境。所謂的因果循環正是如此，上一世種出的因，便會在下一世結出果，如此反覆循環。

九世鏡已有幾千年的歷史了，近年狀態極為不穩定，因此審判廳才決定不再使用，改作為展示用途陳設在廳內。

「如果有九世鏡的話，我們就可以掌握那個人的真實身分。」

「但九世鏡在審判廳裡，就連我也不太能在沒有公務在身的情況下進入。」上官申灼有些為難。

「我相信你一定會有辦法的。」肆號用那張與東湛極為相似的臉龐，朝著上官申灼笑了笑。

「不過我們得先從這裡出去，否則一切都只是紙上談兵。」肆號抬起頭看了看上方的崖頂，身上綑綁的鐵鍊發出響亮的碰撞聲。

めんじゅう　ふくはい

陽奉陰違

第四章

姑獲鳥

MENJUUFUKUHAI

「那我出發了！」東湛說完隨即跨出一隻腳，踏進獨木舟裡，站穩後拿起一旁的槳，插進河水中嘗試滑動，卻發現船身文風不動，槳整個硬生生卡在了石縫間。

他不得已朝地獄守門人扔出求救的眼神，「呃，能不能幫個忙？」

尼爾森嘆了口氣，覺得東湛此行根本是出師不利，「東湛先生，你就這麼想離開這裡嗎？」

「事到如今了，在說什麼呢——」

「我只是覺得，你待在這裡也未必是件壞事。」

「這裡可是地獄耶！」東湛瞠大雙眼，「在怎樣也不是人待的地方吧！」

「但是如果你被陵魚給吃掉的話，我對其他人也不好交代啊。」

「你就這麼篤定我會被吃掉嗎？」

尼爾森沒有答腔，只是目光筆直地凝神望著他，良久只淡淡說了句：「凡事只怕萬一。」

「好喔……」被潑了桶冷水，東湛有些不悅，但當務之急是要趕快離開這裡，他決定大人不記小人過。

但在等了幾分鐘後，他發現尼爾森沒有要出手幫忙的意思，勉強轉過身拉下臉催促，「你不是要幫忙嗎？」

尼爾森只好上前，輕輕推了獨木舟一把，船跟槳就從石縫脫離了。

「尼爾森，你的力氣好大啊！」東湛驚呼。

尼爾森只是對他擺出噤聲的手勢，低聲說道：「現在開始請務必保持安靜，一切行動都要保持靜悄悄，不能讓陵魚發現，否則會變得很麻煩的。」

「啊，對喔，我差點忘記了……」還有陵魚這個棘手的存在。

「我會掩護東湛先生的。」

還來不及問是要如何掩護，獨木舟忽然被一股外力推動，得以在平靜的河水中安靜地向前滑行。東湛知道是尼爾森暗地助他一臂之力，便也不再多言，開始朝著目的地前行，偶爾擺動船槳加速，整個過程都小心翼翼，深怕會引起河裡陵魚的注意。

起初沒什麼動靜，獨木舟就只是順著河水滑行，河面上平靜得幾乎不起絲毫漣漪。看著船離逆行漩渦的距離越來越近，東湛心裡祈禱著，希望能就這麼平安無事地抵達目的地。

就在這時，他赫然發現船槳滑不動了，像是被什麼東西卡住一般。他試著把槳抽出水面，才發現槳被一隻手牢牢抓住了。

東湛嚇得絲毫不敢動彈，手的主人雖然放開了槳，另一隻手卻隨後伸了過來，接著整個本體竟然就這麼明目張膽地攀上了船。

近距離看到陵魚的廬山真面目，比起驚嚇，東湛的心情比較偏複雜。陵魚就真的跟尼爾森那張塗鴉般的畫作一模一樣，魚身卻有著人的手足。

陵魚的視力很差，儘管攀上了船，卻沒有在第一時間發現東湛的存在，只是動作緩慢地東瞧瞧西瞧瞧。接著牠似乎嗅到了什麼，一步步靠了過來，發出「啪答啪答」的腳步聲。

東湛連忙轉過頭，想尋求岸邊人的幫助，只見尼爾森好整以暇地比了個「ＯＫ」的手勢，便彎腰撿起一顆石頭，抬起手臂朝著遠方的河面丟了過去。

船上的陵魚聽到這麼大的動靜，立刻飛快地躍入河水，與其他陵魚瘋狂朝著石頭落水的方向靠攏過去。原來掩護指的是這個啊……

「牠們的動作也太快了吧。」東湛還心有餘悸，趁著陵魚被引開了注意力，連忙划起槳來，繼續朝著那道水流努力前行。

不久後，巨大水流便矗立在眼前，東湛一面感嘆這宏偉的景觀，又不禁擔心起身下的獨木舟禁不禁得起這股水流的摧殘。這時候，他的眼角看到一截浮木，只見那截浮木被水流帶向天空，轉瞬就消失在出口處了。

東湛突然有個大膽的想法，打算利用浮木一口氣抵達水流的頂端，只是不知道實際行動會有多困難。為了保險起見，他又再多等了幾分鐘，只見就跟他設想的一樣，一截又粗又大的浮木又朝著這邊漂了過來。

「就是那個！」東湛趕緊划著小船靠近，然而就快要碰到浮木時，獨木舟竟好死不死卡在了石頭之間，碰撞時還發出不小的聲響。這下那些陵魚全轉換了目標，飛快游了過來。

「糟糕！」東湛驚呼一聲，想用船槳掉頭，可能是施力過猛或是沒抓對角度，「啪」的一聲清脆碎裂聲響起，手中的槳一分為二斷了。他傻眼地看著失去用途的船槳——這就叫出師未捷身先死嗎？

此時陵魚已經湧到小船的四周，爭先恐後地想爬上來，東湛迫於無奈，只得棄船逃逸。他跳進冰涼的河水中，忍不住打了個顫，接著盡全力地朝那截浮木游去。

還差一點點……東湛不敢說自己的泳技有多出色，起碼此刻有自救的能力。先前因為溺水誤打誤撞來到陰間，雖然跟那時相比現在也沒好到哪去，但他可不打算再溺水第二次了。

東湛驀然驚覺自己的泳速變慢了，身體也變得沉重許多，連忙轉過視線，這才發現有隻陵魚不知何時拉住他的衣角。

陵魚張開了嘴，黏膩粉嫩的舌頭跟著舔了上來，意圖相當明顯。東湛努力想掙脫箝制，但陵魚依然緊緊黏著他，一張怪異的臉甚至湊了上來。

眼看雙方的距離越來越近，他氣急敗壞地揮出一拳，正好打中陵魚的臉。陵魚被揍個正著，吃痛地鬆開了手，然而在這隻陵魚身後的第二隻、第三隻陵魚也接連冒了出來。

——搞什麼鬼啊！東湛只得趁隙加速向前游去，在這千鈞一髮之際，他不顧一切縱身一躍，抓住了逆流而上、得以延續他生命的那截浮木。

浮木很快就被捲入了逆行的水流漩渦，而陵魚似乎在畏懼著什麼，只敢在附近徘徊，深怕被捲進去，這道逆行的漩渦對陵魚而言似乎是一大威脅。巨大的水流以瘋狂的力道拍打著東湛，他拚命抓緊浮木。只有一次機會……錯過了就……

他不想放棄僅有的一次機會，無論在哪裡，無論身為人還是鬼，錯過了就是錯過了。他不想徒增遺憾，這是自己現在唯一能夠做的事情。

「轟！」

東湛身處在巨大的水流中，腦中充斥著水流聲，但此刻內心卻很平靜。現在的他不再胡思亂想，努力轉身撇過眼，看見底下依然佇立在原地目送著他離去的尼爾森。對方像是心有靈犀般朝著他揮了揮手，彷彿在歡送他。

幾秒鐘後，東湛就這麼被沖出了地獄。

另一方面，上官申灼跟肆號依然在設法從崖底深處出去。

等上官申灼意識到的時候，第一束月光已經照射在他深邃的臉龐上，顯然已經進入了宵禁時分。不同於以往的是，現在沒有盡忠職守的宵犬可以協助警備隊了，牠們都已進了某人的肚子裡。

上官申灼思及此，不由得緊握雙拳，無法抑制地顫抖著，這是他第一次感受到如此強烈的憤怒。不，或許不是第一次，但這卻是他成為上官申灼以來，第一次有如此鮮明的情緒不斷翻攪著。他覺得很不痛快，那個人正以他的影響力逐漸撼動陰間的一切。

上官申灼嘗試藉由凹凸不平的壁面爬上崖頂，但總是被半途變得光滑的平面阻擋，在懊惱之際，他發現肆號只是冷靜地在旁觀看，從不動作。

他以為對方是被那身枷鎖困擾著，「戴著那身鐵鍊和腳鐐是爬不上去的。」

「我知道」肆號說：「這是陰間賦予的禁制，只憑外力是破壞不了的。」

「讓我試試看吧。」說著的同時，上官申灼已經拔出佩刀，「我這把刀已有上千年的歲月，至今沒有砍不了的東西。」

上官申灼的刀砍在了重重鐵鍊上，只見兩者互相碰撞，發出金屬獨有的響聲，迸出點點火花，然而鐵鍊卻依然完好無損。

「沒用的。」肆號開口道：「賦予在送刑者身上的罪孽可沒這麼容易破解。」

上官申灼猛然想到一個關鍵，「既然是因為某種禁制無法開口說話，這會不會也是相同的道理？其中一個魂格出現後禁制就解除了，說不定必須聚集三個魂格，才能解開你身上的枷鎖。」

「可能吧。」肆號認同他的猜測，下一刻臉色突然變得慘白。他重重粗喘了口氣，良久才緩過神來，「那個人似乎正在改變陰間的平衡，再不快點的話……」

「你可以感應到對方現在在哪裡、做什麼嗎？」

「雖然斷斷續續……但可以，畢竟我們是同一個人。」肆號重新直起身子。

「事不宜遲，我們得盡快從這裡出去。」

「但你辦不到不是嗎？」

上官申灼知道對方說的是實話，只是過於直白，在此刻聽來尤其刺耳，也讓他一時間答不上來。

「抓住我的手吧。」肆號在上官申灼尚未反應過來前，一把抓了過來。

直到這時候，上官申灼才發現對方的手是如此強而有力，竟然輕鬆就把他提了起來。

「你想幹什麼——」尾音還未落下，上官申灼整個人就被朝上拋飛，只覺得腦袋一片混亂，眼前的景色飛快轉換。回過神來時，他人已經好端端地躺在了崖頂。

沒過多久，肆號也成功降落在上官申灼身旁的地上。

送刑者果真不是浪得虛名，上官申灼忍不住暗忖。他輕咳數聲，強自鎮定地說：「我們快點到審判廳去吧！」

他們要向審判廳借走那個道具——九世鏡。

周遭寂靜無聲，東湛緊閉雙眼而後緩緩睜開，微微轉動脖子左右張望了一番，內心遠比想像中還要激動。他終於回來了，回到了陰間。

附近不見半個人影，這裡只有他一個人，身上甚至沒有半點水漬。要不是遇見了尼爾森，剛才的地獄驚險行就像一場夢境。

這裡不知是陰間的何處，既非中央街，也非有殭屍狗出沒的荒地，舉目所見皆是一片幽暗的樹林。樹木細瘦得彷彿一折就斷，葉片如針般尖刺，但林內卻暗得像是半點陽光都透不進來，不時還能聽見怪鳥的啼叫聲。

在他正前方數十公尺處，還能看見一口古井，簡直就是恐怖片的場景，彷彿下一刻就會有披頭散髮的女鬼從井裡爬出。

東湛迅速邁開步伐，心裡只有一個念頭：他必須趕快從這裡出去，然後告訴上官中灼地獄深處有個不得了的傢伙越獄了，千萬不能大意……

儘管他不知道那個罪犯的真實身分，就連對方越獄的動機跟意圖都一無所知，但他就是知道對方會對陰間造成危害，不能讓這種事情發生……

「必須趕快跟上官中灼會合才行！」東湛說歸說，他根本不知道自己身在何處，迷失在這一片詭異的樹林裡。

周圍一片陰暗，只能稍微看出景物的輪廓。這時一陣冷風吹過，東湛突然背脊發冷打了個顫。他勉強安慰自己是心理因素，這裡什麼鬼東西都沒有……不對，這裡可是陰間，理所當然有很多鬼啊！

自從認知到自己可能沒死，正介於生死之間之後，感知也變得不太一樣了，他發現自己還殘留一絲絲的情緒，例如恐懼……

「沒什麼好怕的！」東湛刻意拉高嗓門，「我根本不害怕，來唱歌吧……咦咦咦咦咦！」才剛下定決心，立刻被驀然從林中飛出的怪鳥嚇得膽戰心驚。他不安地環視周遭，樹木彷彿都正咧開大嘴嘲笑他的膽小。

——算了，我還是保持安靜好了。東湛決定噤聲走完這段路，為了避免迷路，他在沿路經過的每棵樹上畫上記號。本來以為是個聰明的作法，但他憑著直覺，看到有樹就在上面畫記，導致這附近幾乎是每一棵樹都有他做的記號。

東湛反而被自己弄糊塗了，記不得是從哪過來，又準備要往哪去。他挫敗地抓亂頭髮，「這就是傳說中的鬼打牆吧。」

半個時辰後，明明周遭景色有在變化，他卻依舊在繞圈子，有問題的是這片樹林，是樹林刻意不讓他出去。

「好，就走這條吧！」即便想通了這點對現狀也毫無幫助，東湛胡亂選了條陰暗的林中小徑便一股腦地前進。

才走了一小段路，他就覺得自己選對了，很快前方便出現象徵出口的亮光。欣喜若狂之際，東湛的腳步卻猶豫了。

他聽見了鳥獸的啼叫，不，正確說來是類似嬰兒的哭喊聲。那哭聲越漸響亮，以至於林中細碎的響聲都被這突如其來的哭聲取代了。

東湛走向前一探究竟，終於脫離周圍茂密的樹木，來到一處林中空地。空地中間坐著一個不斷哇哇大哭的嬰兒，哭得聲嘶力竭，讓人覺得很是不忍心。

「你的媽媽去哪了……」東湛緩緩地走近，想安撫嬰兒別再哭了，這淒厲的哭聲讓他的耳朵有些吃不消，但話才剛出口就愣住了。

嬰兒持續哭泣，微微抬起頭，只見大大的眼窩中是兩個窟窿，眼眶裡蓄滿的不是淚水而是血水。東湛嚇了一跳，立即起身倉皇倒退，他強忍著作嘔的感覺，只覺得毛骨悚然。這片樹林果然有問題。

這時候不知從哪傳來人類的聲音，沒過多久林內的暗處浮現一個女人的身影，她一看到不斷在哭喊的嬰兒就開心地走了過來。

「我的寶寶……我的寶寶在這裡啊……」女人伸長了手臂，「快點讓媽媽抱抱！」

東湛默默在遠處觀察著這奇怪的一幕，女人身上披覆著鳥毛，手臂也是鳥的雙翅，卻有著人的身體，膚色潔白、五官秀氣。

「寶寶乖、寶寶不哭，來媽媽的懷裡吧。」她說話的聲音帶著點哽咽，嬰兒雖然減弱了哭聲，但仍然抽泣不止。女人溫柔地搖著嬰兒，哄著他唱起一段不知名的歌曲。

這時她總算注意到東湛的存在，微微轉過身對著他甜甜一笑，但這笑容只讓東湛覺得膽戰心驚。

原以為事情到此完美落幕，豈料女人突然張大了嘴，她的嘴巴裂至耳側，然後一口含住嬰兒脆弱的頭部，硬生生咬下，東湛還能聽見女人嚼碎頭骨的清脆聲響。

女人開始大快朵頤，享受起嬰兒的血肉。東湛這邊也沒歇著，他臉色鐵青地迅速轉過身，立即朝來時的方向往回急奔，想盡快遠離這個奇怪的妖怪。

「剛剛那是怎麼回事啊！」東湛覺得自己就要吐了，邁開步伐全速狂奔。他不敢停下，也不敢回頭看女人是否追了過來，只想盡快逃離這場惡夢。早知道如此，剛剛就不要選擇那條路！

不過再怎麼後悔都為時已晚了，他慌亂得一遇到岔路就憑直覺亂轉，根本不加思考。就這麼跑了好一陣子，正當他覺得差不多可以慢下腳步時，從後方傳來翅膀拍打的聲響，距離越拉越近，甚至能感受到翅膀激起的氣流。

「呃……」東湛抬頭一看，那個怪鳥女在離他不遠處的空中。這裡沒有任何人能夠幫他，上官申灼也不在身邊，換句話說，他只能夠自助了。

我好歹也是警備隊的一員啊，跟她拚了！東湛思及此，下意識握緊拳頭，猛然煞住腳步，轉過身正面迎擊敵人。

怪鳥女已經近在眼前，她的爪子抓了過來，東湛勉強躲過，抬腿踢向敵人。

怪鳥女沒料到會有此一招，從半空跌落下來。

東湛趁這個空檔一箭步上前，伸出手觸碰怪鳥女，打算探知她的靈魂，藉此得知弱點。然而什麼都沒有，這還是頭一遭，他什麼都沒感應到，以往可以接收到的靈魂波動消失得一乾二淨。

「怎麼會……」東湛將手抽了回來，愣在原處，他的身體似乎正在發生什麼不可逆的變化。他沒有特殊能力了，起不了任何效果。

怪鳥女這時已經恢復神智，尖銳的爪子猛地抓向東湛。他一時不察袖子被抓破，手臂立即掛彩，留下怵目驚心的傷痕。

「你剛剛看到了吧？」怪鳥女發出嘶啞的嗓音，「看到的人可是要付出代價的……」

「我什麼都沒看到，我……」東湛拚了命地一邊搖頭一邊後退。他的腦袋像是被打了個結，怎麼樣都無法想通，他的能力究竟是被誰奪走了？

怪鳥女步步進逼，他就要在這裡被怪鳥女生吞活剝了，此刻卻只能坐以待斃。

這時候，他的眼角掠過了一抹白色的影子，隨之而來的是怪鳥女的慘叫聲。

「喵！」右腿突然感受到毛茸茸的觸感，東湛低頭一看，竟然是一隻白色的貓。

「這裡怎麼會有貓……」看著這隻從天而降的貓，東湛忽然有個念頭，他一邊想著不可能吧，一邊轉過身，毫不意外地撞進某個人懷裡。

東湛僵硬地抬起頭，看到一身小丑服打扮的男人。他知道這個人，他是孟離，喵嗚馬戲團的團長，孟氏一族的人。

「你怎麼會在這裡？」東湛不明白地看著來人。

「我倒想問你，」孟離開口，「你怎麼會出現在姑獲鳥的狩獵林裡。」

「姑獲鳥？」東湛不可思議地重複這個詞，「這個怪鳥女是姑獲鳥？」

據說姑獲鳥是死去的產婦執念所化，能在夜裡看到她抱着嬰兒行走的身影。可是傳說可沒提到姑獲鳥會把嬰兒吃掉啊？果然想像跟現實還是有一段不小的差距。

「姑獲鳥看起來似乎很生氣的樣子，你是不是看到什麼不該看的？」

「沒有，絕對沒有！」東湛堅決否認到底。

孟離才不信，「真的？」

「……只是看到她把嬰兒吃掉，有那麼嚴重嗎？」沉默幾秒後，東湛心虛地坦承。

「姑獲鳥會收集嬰兒的骸骨當成戰利品」孟離說：「被牠抓走的嬰兒至今都下落不明，看來是全進牠肚子了。這跟傳說中的形象有點落差，因此才不想讓人瞧見吧，畢竟不是什麼光彩的事情。」

這時候姑獲鳥又捲土重來，再次發動攻勢，只是這一擊又被白貓擋下了。

東湛趕緊向馬戲團團長求救，「孟離，現在該怎麼辦？」

孟離挑起眉，「你好歹也是警備隊的人，這點程度的妖怪應該能應付才對吧？」

「……我做不到。」

「什麼意思？」

「我也不知道為什麼……」東湛突然激動地抓住孟離，「我的能力不見了！」

「不見了？」孟離皺起眉頭，「什麼意思，你說清楚一點！」

「我、我也不知道……」東湛放開孟離，一臉茫然地望著自己的雙手，「不只是能力消失，就連我的記憶也變得斷斷續續……」

「記憶？」

「就像是腦海中的記憶被人用橡皮擦一點一點抹去。」東湛痛苦地敲著腦袋，「孟離……我原本認識你嗎？」

他對孟離的記憶似乎又變得更加淡薄，只知道他是孟氏一族的人，除此之外再無其他。內心變得空蕩蕩的，很多事都想不起來了。

孟離只有一瞬間露出詫異的神情，很快就恢復一如往常的微笑，「是孟瀾要我來找你。」

「孟瀾？」東湛問：「是發忘卻茶的小孟嗎？」

「如果沒有猜錯的話，」孟離繼續說：「陰間出了點麻煩事，不盡快解決的話……整個陰間就會蕩然無存。」

「你說什麼！陰間消失的話世界會變成什麼樣子？」東湛詫異地嚷嚷起來。

「三界會徹底失去平衡，大量的魂魄將會失去歸處。輪迴會被擾亂，善惡的定義也會變得模糊，一旦人們發現沒有因果循環的定律，後果不堪設想。」

「聽起來很嚴重，但這跟我又有什麼關係？」東湛誠心提問。完了，他是不是快要連自己是誰都想不起來了。糟糕，記憶一片混亂。

「東湛，你！」孟離叫了聲，瞠目結舌地看著東湛此刻的變化。

「我？我怎麼了。」東湛不自覺地摸了摸臉，他什麼都沒感覺到。

「你看看你自己。」孟離只說了句語焉不詳的話。

東湛依言低下頭，當發現對方指的是什麼時，頓時驚訝到說不出半句話來。

他逐漸變得半透明，甚至能穿透手掌看見周圍的景物。整個人虛無縹緲，好似風一吹就會被吹散了，身上的顏色變得越來越淡，身形也單薄得不像實際存在於這裡。

果然有什麼變化正逐漸在他身上發酵。

「看樣子得盡快處理這裡的事情。」孟離當機立斷，眸光銳利地轉向姑獲鳥，「姑獲鳥，我要妳放棄取走東湛的性命，意下如何？」

「這裡是我說的算！」姑獲鳥的態度意外強硬。

「看來談判破裂了。」孟離一臉淡定地從懷裡取出馴獸鞭，猛力甩在地上發出清脆的鞭擊聲。

接著不可思議的事情發生了，周圍忽然跑出很多隻貓，不同花色、不同體型的貓接二連三冒出來，直到附近能夠站立的地面都被貓占據了。

「這也……太多貓了吧！」東湛驚嚇的情緒全寫在臉上，他轉頭望向孟離。

孟離只是簡潔扼要地道出兩個字，「上吧！」

接收到指令的貓湧上去團團包圍姑獲鳥，朝著敵人威嚇地齜牙咧嘴。姑獲鳥也不甘示弱地怒目相視，雙方的戰火很快便延燒開來，打得難分難捨。

姑獲鳥揚起翅膀飛至空中，甩開這些煩人的貓，而貓像疊羅漢一樣踩在伙伴背上，一隻接一隻往姑獲鳥撲去，用銳利的爪子抓得敵人身上都是一條條的血痕。

姑獲鳥身子一歪，從半空中跌落，摔得滿身是傷，牠再怎麼奮力抵抗也難擋齊心協力的貓，很快就舉白旗投降。

「可惡，下次一定會殺了你們！」勉強撂下這句殺傷力不足的狠話，姑獲鳥隨即跌跌撞撞地逃之夭夭。

不用幾分鐘，貓咪便取得大大的勝利。

「這算不算是一種虐貓？」東湛無言以對地望向孟離。

「牠們可是自願的，有什麼話之後再說吧。」孟離驕傲地表示。他對貓下了一道新的指令，牠們立即安靜規矩地排成一行縱列，揚起毛茸茸的尾巴走在前頭，像是在領隊，「來吧，快點跟上，我們得去一個地方。」

「要去哪？」怕被留在這座奇怪的樹林，東湛趕緊跟上。

「你的能力，還有現在的樣子，難道你不想知道原因嗎？」孟離說。

不知為何，東湛害怕聽到答案，因為他不知道到那時候，他還能否以東湛的身分留在陰間刑務警備隊。

「終點站是喵嗚馬戲團，會有人向你說明一切始末。」才剛走出樹林，不遠處就有輛電車朝這邊駛來，不時還發出清脆的鈴鐺聲。他們連同貓一起上了由魂玉驅動的電車。

「是我想的那個人？」東湛急忙追問，電車已經出發了，他的身子因而搖晃。

「這個……」孟離頓了頓，「或許你比我還更清楚。」

めんじゅう　ふくはい

陽奉陰違

第五章

魂玉

MENJUUFUKUHAI

上官申灼和肆號從崖底逃脫後，立刻馬不停蹄地前往審判廳。已經進入宵禁的路上沒有遇見任何人，但氛圍卻是詭異得出奇。太過安靜了，這份寧靜反而帶給人一種不安的情緒。

「必須先回警備隊總局去通知其他人……」途中上官申灼有些猶豫不決。

「沒時間了。」肆號神情凝重地搖了搖頭，「一切早就在我們不知道的時候開始了。」

「你是說在更早之前？」

「……我可以感應到東湛回來了。」

聽到搭檔的名字，上官申灼趕緊追問：「你知道東湛現在人在哪裡，可以知道確切的位置嗎？」

「他們離這裡有段距離，目前感覺起來沒有什麼大礙。」肆號偏過頭，像是在感應遠方的樣子。

「他們？除了東湛，還有別人在嗎？」

「除了他還有另一個人。」

聽到意料之外的答案，上官申灼鎖起了眉頭，「你知道他跟誰在一起嗎？」

「不知道，不過不是會傷害他的人。冷靜下來了嗎？」肆號看著上官申灼的臉色問道。

「我一直都很冷靜。」

「你很在乎東湛，很關心他。」肆號微微揚起嘴角笑了，那清冷的姿態跟東湛有很大的不同。

「我們是搭檔。」雖然早就知道了，但上官申灼再次體認到他們真的是不同的兩個魂格。

「或許吧，但總覺得不只是搭檔這般簡單。我也說不上來，只有你自己最清楚。」

得知東湛目前沒事，上官申灼緊繃的情緒稍稍緩和了，「東湛可沒你那麼多複雜的心思，他只是很努力地想在這裡生存下去。」

「那你覺得東湛是個怎麼樣的人呢？」

「自戀鬼。」上官申灼簡潔明瞭地扔出這個答案，隨即邁出步伐，朝著審判廳的方向前進。肆號只是聳了聳肩，然後跟上腳步。

上官申灼沒說出口的話是——雖然東湛是個自戀鬼又極為笨拙，還總是不看場合行動，但不可否認是他最好的搭檔，同時也是重要的人。

審判廳的獨特外觀已經映入眼簾了，夜晚的審判廳看上去更為肅穆莊嚴。

「竟然有結界？」自從宵犬失蹤以來，陰間提高了警戒的層級，審判廳周圍也架設了結界。

肆號聞言愣了一下，然後瞇起眼，「我什麼都沒看到。」

「就在那邊，你再看得仔細一點。」上官申灼比劃著把整棟審判廳都包了起來的結界。

「我什麼都看不見。」肆號挫敗地搖了搖頭。

上官申灼想起肆號是送刑者這件事。恐怕是為了防止戴罪的靈魂作亂，因此送刑者被施了看不見結界的禁制，以便需要時容易加以拘束。

「你想到什麼了嗎？」肆號察覺到對方的異狀。

「如果知道結界的陣法就可以破解了。」上官申灼只是實事求是地回道。

「只要知道是誰設下的結界，就能依照設立者的邏輯去思考怎麼破解了。」雖然看不見結界，但肆號證明自己還是能派上用場的。

上官申灼沉下臉細細沉吟，腦海中浮現幾個可能的人選。

審判廳這麼大的建築，需要耗費不少精力才能張開如此大範圍的結界，如此想來只有那個人了吧……神獸獬豸大人。

「你是不是想到答案了？」

雖然想到答案了，但他總不可能光明正大地跑去找獬豸大人，說自己要進審判廳竊取九世鏡，請獬豸大人暫時把結界解開吧。何況盜取公物可是重罪，刑務警備隊分隊長公然監守自盜，成何體統。

上官申灼將注意力轉回眼前的結界，結界由不同顏色的線張開，紅白藍縱橫交錯，「我明白這個結界的構造了。」

「說來聽聽。」肆號看不見，只能透過描述憑空想像。

「結界是由三種不同顏色的線交錯在一起，只要改變這三種線的排列位置，就有可能解開。」

「聽起來不簡單呢。」肆號語氣不輕不重地說了一句，便一箭步上前。他沿著結界周遭繞了幾步，接著伸出手試圖碰觸結界線。

「等等！」上官申灼試圖阻住對方莽撞的行為，但顯然為時已晚，肆號若無其事地將手伸了進去，撥動三種顏色的線。

「看來什麼事情都沒發生。」肆號安然無恙地將手緩緩抽回。

「怎麼會？結界竟然對送刑者不起作用，是因為魂體不齊全的緣故嗎……」

東湛身上發生的事情完全不在上官申灼的理解範圍內，他頓時覺得有些懊惱。

「在我面前的是什麼顏色的線？」肆號忽然興致勃勃。

「紅色。」

「這邊這條呢。」

「藍色。」

「我雖然看不到，但能隱約感覺到線的位置。」肆號已經將兩隻手都伸了進去，然後各拉起一條線，打出一個漂亮的結，「看，是蝴蝶結。」

「……別再玩了，我們快沒時間了。」上官申灼有些意外肆號竟有如此調皮的一面，送刑者通常都是冷冰冰的，沒想到這回反倒是由他出聲催促。

「結界一定會有破綻，即使獬豸大人的結界有，也肯定會在很隱密的位置，要怎樣才能在不觸發結界的情形下……」上官申灼自言自語地思考起來。

「你是怎麼進去的？」他抬起頭，赫然發現肆號已經在結界裡了，還正朝他揮手。

「如你所說的，破解陣法。」肆號語氣輕鬆地說：「雖然看不到線，但我發現每種顏色的線重量不太一樣，所以就依照可能的組合排列看看，沒想到就成功了。」

「……所以說，你是誤打誤撞解開的？」

「快點進來吧，再還沒被發現之前。」好運來得突如其然，上官申灼趕忙踏入結界內，審判廳的大門隨即就出現在觸手可及的距離，「快帶我去收藏九世鏡的地方！」

肆號只是迅速點頭，表示他知道要怎麼去。

為了打發稍嫌無聊的搭車時間，也為了讓自己不再忘記孟離，東湛決定問從到陰間以來就一直很想知道的事，「魂玉到底是什麼玩意？」

「魂玉是由尚未形成自主意識的靈魂構成。」

「可以再說得清楚一點嗎？既然是尚未形成自主意識，那還稱得上是靈魂嗎？」

「嚴格來說仍然有些微意識，只是發展不算完全。」孟離解釋道。

「喔……」東湛似懂非懂地點點頭，他光是理解就很費力了，「所以任務完成之後他們就同樣會進入輪迴？」

「會喔，他們跟我們一樣有選擇下一世的權利。」

「他們有前世的記憶嗎？」

「有些有，有些沒有。」孟離耐心地答覆，「畢竟他們上一世或許還稱不上是人，頂多算是胚胎吧。」

「你是說他們是嬰靈嗎？」東湛瞪大了雙眼。

「這些小小的靈魂甚至都沒來得及看陽世一眼，就被人決定了生死，不過這也是沒辦法的事情吧。」孟離說這話的時候，臉上沒有太多情緒起伏。

「是啊……」人生有太多變數，雖然覺得令人惋惜，有時候卻是無法改變的事實。

「他們出生的地方就在前面不遠處，等等電車經過的時候記得睜大眼睛仔細看。」

「你不說清楚，我怎麼知道要看什麼啊……」東湛話還沒說完，電車已經安靜無聲行駛進了一片黃澄澄的花田。

花田一路延伸，看不見盡頭，滿滿的黃色花朵隨風搖曳，飽滿的果實一顆接一顆垂下，仔細看去，那些果實都散發著晶瑩剔透的光澤。

那些果實就是魂玉，魂玉由此花田誕生，接受分配到的任務，任務結束後便出發尋找下一世的機會，生命就是如此生生不息地延續下去。

「你看得也太仔細了吧。」看著東湛幾乎將臉貼在車窗上，孟離不禁笑了。

「是你自己說要仔細看的啊……啊啊，如果有攝影器材可以把這一幕記錄起來就好了。」東湛一臉尷尬地收回動作。

離開了花田，周圍的景色忽然一暗，跟花田截然不同。原本開滿蒲公英的山坡，此刻幾乎沒有任何植物，寸草不生、土地貧瘠，儼然就是一片荒涼。在坡地之上依舊坐落著那座宛如蘑菇般的大型帳篷，是喵嗚馬戲團的大本營。

電車在馬戲團門口停下，待他們下車後就又行駛遠去了。

下車時，東湛不忘禮貌地跟魂玉道謝。不知道是不是錯覺，東湛隱約聽到一道輕微且稚嫩的聲音回覆他「不客氣。」

「魂玉也會說話嗎？」東湛驚喜之餘，下車後跟孟離分享他的新發現。結果只得到冷淡的回應，「沒有人聽過魂玉的聲音，你聽錯了吧？」

「不，我相信那就是魂玉在對我說話！」東湛卻依然這麼堅持。

孟離沒有回話，只是逕自領著貓魚貫進入帳篷。

帳篷內部就跟東湛當初被小孟帶來時一樣，正前方有表演用的大舞臺，臺下則圍繞著一排又一排的觀眾席。

此刻舞臺上擺著一張方正的桌子，小孟坐在其中一側，對面則是孟氏一族的孟晗，其他兩個位置上坐著貓。湊近一看，東湛才發現他們正在打麻將，小孟跟孟晗表情凝重。勝負已分，他們竟然輸給了非人類的種族。

「你們竟然還有閒情逸致打麻將？」孟離傻眼，語氣有些責備的意味。

「而且還輸給貓。」東湛毫不留情地當面吐槽。

「你把人帶來了啊。」道具租借室的管理者孟晗，看了看他的兄弟，再看了看東湛，一臉精明地推了推眼鏡，試圖掩蓋前一刻輸牌的事實。

「嗨，我的朋友！」小孟則還是老樣子，自來熟地當即就給了東湛一個大大的擁抱。然而因為東湛已經透明得都快要觸碰不到了，這個擁抱不太紮實，「哎呀，你是不是快消失了？」

「我們直接進入重點吧。」孟離來到另一側的位置坐下，原本在那的貓已經主動離席，將座位讓給後到的兩個人。

東湛在其他三人關注的視線下入座，「連我自己都搞不懂的事情，你們又知道多少？」

「就算沒有八分也有六分吧。」孟晗說。

「聽了可別嚇一跳喔。」小孟刻意賣關子，神祕兮兮地說道。

「相信我，現在什麼都嚇不倒我了。」不過真要說的話，如果小孟突然告訴他上輩子其實是他爸爸，他還是會狠狠地嚇好大一跳。

「嚴格說來，你還活著。」

「喔，我知道啊。」

小孟挑了挑眉，「從什麼時候開始的？」

「在地獄的時候，我清楚地看見自己還活著的景象。」

「你在這裡並非偶然，你的靈魂是殘缺的，唯有三個魂格齊聚才能回復完整。」小孟看上去並不意外。

「所以你的意思是說……我會變成這副鬼樣子，是因為靈魂缺少了東西？」

「可以這麼說。你還記得出事那時的畫面嗎？」

「我以為不記得，但只是不想去記得而已。」透過地獄那道門的提醒，他此刻完完全全想起來了。

就如小孟所說，這一切並非偶然，從來都沒有偶然。他之所以會來到陰間，是出於某人精心策畫的結果。想必就是當初被關在地獄的那傢伙吧，所以才會跟他交換身分。

「你現在的首要任務就是找回魂格，並阻止那個魂格的計謀。」

「計謀？」

「還不夠明顯嗎？那傢伙想奪取主導權，只要他先併吞其他兩個魂格，就能取代你成為主人格，而你將會徹底被自己給抹除。想要你死的傢伙就是你自己，夠諷刺吧？」

東湛的臉色頓時變得更為慘白，「我會被取代……？」

這個時候遠方傳來轟然一聲巨響，大地為之撼動，帳篷內的人都感受到腳下微微的震動餘波。

緊接著帳篷的簾子被掀開，有抹黑影衝了進來。那模樣看起來是餓鬼，但有些不對勁。這隻餓鬼的體型比平常看到的還要大上好幾倍，身上長滿突起的不規則肉瘤，眼睛是血紅色的，渾身散發出黑氣。

「這是變異的餓鬼。」但東湛一眼就認出來了。他在警備隊應徵考試時遇上的大型餓鬼跟面前的餓鬼雖然樣貌有些不同，但氛圍卻是相同的。

牠們似乎都是被下了某種咒，才會變成這副模樣。看樣子是那傢伙搞的鬼，另一個東湛。

貓全都警戒地豎起毛來，凶狠地咧出嘴裡的利牙。孟氏一族三人紛紛站起，上前護在東湛周圍。

「這裡交給我們應付，你還有任務。」孟晗說道。

「任務？」

「你不想奪回主權嗎？三魂歸為一體的關鍵在於孟婆湯。」小孟朝著他笑了笑。

「你不是忘卻亭的管理人嗎？忘卻茶也是相同的成分吧。」

「忘卻茶畢竟只是孟婆湯的改良版本，真正的孟婆湯因為材料難以取得，製作方法繁複，需得耗上千年的光陰，那可是產量稀少的上品。」

「這麼珍貴的東西我要上哪去找啊……」

「有一個專門保存孟婆湯的地方，只是路途遙遠。」

「那地方叫什麼？」

「我們把那地方叫做——」小孟戲劇化地頓了頓，接口說道：「孟婆庄。」

宵禁時刻的審判廳異常安靜，上官申灼作為刑務警備隊第三分隊隊長，平時以身作則，從來沒有在這個時間擅自外出過。眼下雖然是迫不得以的情況，他還是有種難以言喻的不自然感。

肆號雖有枷鎖縛身，但絲毫不妨礙行進的速度。只見他腳步輕盈地走在前頭，沒有製造出太多聲響，轉過幾個轉角，穿過幾個廳，經過幾條走廊，最後來到存放九世鏡的長廊。

「我們到了。」如肆號所言，此刻展示在他們面前的是九面鏡子。上官申灼意識到他們忽略了一個重要的問題，九世鏡不是單一一個道具。

「我們不可能搬運九面鏡子。」這些鏡子幾乎有上官申灼的半身高，加上鏡子又是易碎物品，要如何順利移動又不毀壞鏡面，實在是難上加難。

「不試試看怎麼知道。」肆號轉身想將面前的鏡子拿下。鏡子不知道是用了什麼方法固定在牆上，只見他不斷調整各種角度，就是取不下來。

上官申灼有些緊張地看著肆號努力的樣子，不禁替他捏把冷汗。

結果就在下一秒，鏡子雖然成功取下來了，肆號卻一個沒拿穩摔在地上，鏡面碎成了許多破片，反射著兩人錯愕的神情。

「……沒關係，我們還有八面。」肆號竟故作鎮定地說道，迷迷糊糊這點倒是和東湛有異曲同工之妙。

奇異的事情卻在此刻發生了，九世鏡竟然在不知不覺中復原了，原先的裂痕不見蹤影，此刻在躺在地上的就只是一面完整的鏡子。

「……我們就只拿走這一面鏡子吧。」

「為什麼？」肆號問，他看起來還想搬動其他幾面鏡子。

「鏡子彼此之間可能有感應。」上官申灼繼續道：「當你把鏡子打破時，我注意到其他幾面鏡子也出現了裂痕，而鏡子復原之後，其他鏡子的裂痕也跟著消失了。」

「那就聽你的，畢竟你是東湛最信任的人，我也相信你……」肆號忽然住口，表情變得嚴肅起來，視線看向長廊的另一端，「有人來了。」

長廊的另一端響起腳步聲，而且不是單一個體移動的聲音，其中還伴隨著鐵鍊碰撞的金屬摩擦聲。來者臉上戴著寫有「壹」「貳」「參」代號的面具，果不其然是送刑者。

「快躲好。」回過神來的瞬間，壹號已經閃身至他們眼前，肆號擋在上官申灼身前接下重重一擊。上官申灼根本就捕捉不到其身影，他們之間的實力差距太大了……

上官申灼轉過身迅速拿起鏡子，並用自己的身體護住，不讓其受到一絲損害，「我們不可能打得過送刑者，而且還是三個，總之先想辦法逃到外面，不要硬碰硬。」

他們不需要贏，重要的是順利脫身。兩人拔腿朝大門方向衝去，但送刑者在後緊追不捨，肆號跟昔日的同事一路上打得難分難捨。

等到反應過來時，參號不知何時已經來到上官申灼身前。上官申灼為了保護九世鏡，根本沒有餘裕掩護自己，只是一味地閃躲參號的攻擊。

「蹲下。」肆號的聲音突然出現在耳畔，上官申灼依言照做。肆號朝參號使出猛烈一拳，猝不及防被擊中的參號就這樣被打飛至長廊的另一頭。

此時審判廳突然警鈴大作，可能很快就會引來更多送刑者的援手，到時候他們真的就插翅難飛了。

肆號仍然與其他送刑者交手著，枷鎖在他們身上似乎毫無重量。但畢竟是一對多，不知能撐多久。

「跟我來！」勉強拉開一小段距離後，肆號找到一處窗戶將其打破，製造出了一個逃生出口。刑者們緊追在身後，他們只是安靜無聲地跟在後面，但身上的枷鎖和腳鐐發出了極為吵雜的噪音。

「除了我以外，送刑者沒有獲得允許是無法踏出審判廳一步的，只要成功撐到審判廳外就得救了。」肆號一邊抵擋刑者們的攻擊，一邊催促上官申灼跳窗而出。

就在上官申灼一腳踩上窗框，準備起跳時，看見有個人影挺直腰桿、意氣風發地站在窗下，像是早已等候多時。

待上官申灼看清來者的面貌，心不禁涼了半截，那是他此刻最不想遇見的對手。在他開口之前，肆號先一步揭開對方的身分，「獬豸大人。」

「你們要去哪裡？」

他們最終還是被逮住了，前有敵人後有追兵，兩路包夾。

「獬豸大人，日後會再向您解釋，現在還請您先讓開。」

「若是我不依呢。」獬豸一派輕鬆地反問。

「雖然並非樂見，但也只能兵戎相向了。」上官申灼的口氣不像在開玩笑。

獬豸聞言不禁挑起眉，「擅自把結界破除，都還沒找你算帳呢。」

其他送刑者見到獬豸大人出現，不敢隨意上前，只是在後方徘徊，直到獬豸命令他們離開，這才紛紛退散。

「你該不會真以為自己打得過我吧？」獬豸笑咪咪地說道。盛開的笑靨有如帶刺的玫瑰，嬌豔卻讓人不敢親近，「你放心好了，我不是來找你算帳的。對吧，肆號？」

從剛才便不發一語的肆號點頭，「我能不受只能待在審判廳的限制，都是多虧了獬豸大人。」

「這到底是怎麼一回事？」上官申灼詫異地皺眉，在意想不到的人口中聽見意想不到的人物，這可不是普通的驚訝。

「我發現肆號與其他送刑者不一樣，他的靈魂雖然不完整，卻沒有絲毫汙穢，不像是身負罪孽的人。因此就對他特別網開一面，賦予其他送刑者沒有的權限。」

「您為什麼要這麼做呢？」獬豸一直秉公守法、剛正不阿，不像是會那麼隨心所欲的人。

「我原本不想插手管這件事。」獬豸緩緩說道：「直到發現最近陰間發生的一連串事情，還有變異的餓鬼，種種現象都顯示有人在背後搞鬼。本來只是懷疑，直到東湛的出現，讓我更加確信了。」

「東湛？」

「世界上可沒那麼多巧合，他之所以有能直接碰觸靈魂深處的能力，是因為他的靈魂處於一種不安定的狀態，再加上來到陰間後的各種刺激，擴大了他的能力範圍。」

獬豸遠比他們知道的還多，上官申灼也決定打開天窗說亮話，「現在的東湛不是原本的東湛，我們必須在三界平衡被破壞前阻止他。」

「你們就去吧。我會招集各路人手，我想其他人應該也有所警覺了吧。」

獬豸話才說完，遠方的天空就突然炸出一聲驚天響雷。伴隨著一聲聲的爆炸聲響，彷彿為戰爭揭開序幕的號角。

「說曹操曹操就到，這也太會挑時機了吧。」獬豸說得一派雲淡風輕的樣子。

「我們走吧。」上官申灼對身後的肆號說道，對方點頭回以認真的神情。

在兩人離去的前一刻，獬豸喊住他們，「不要逞強，一切量力而為。還有……」他頓了頓，「看到那個傢伙的話，記得替我、替所有在陰間的人揍他一頓。」

「知道了。」上官申灼下意識握緊拳頭，和肆號從審判廳離去。

めんじゅう　ふくはい

陽奉陰違

第六章

餓鬼大軍

MENJUUFUKUHAI

「孟婆庄在哪裡，要怎麼去？」

「孟婆庄就在孟婆庄啊。不過要是徒步的話，三天三夜都到不了。」小孟這說法有說跟沒說一樣。

「……你是在開玩笑嗎？」

「這不是玩笑，也不是笑話，事實就是這樣。不過現在不是說這個的時候，剛才的地震讓馬戲團的帳篷移位了。」小孟抬起頭，頂上帳篷的梁柱已經偏移了該在的位置。

「所以？」東湛有種不好的預感。

「帳篷要塌了。孟晗、孟離，我們先撤了！」小孟只是簡略向他說明了一句，便轉頭朝著遠方的兄弟呼喊。

「知道了！」他們仍在跟變異的餓鬼纏鬥，聽到小孟說話的聲音紛紛暫停手邊的動作。一隻餓鬼趁機撲上，結果被孟離一記鞭子打傷了眼，痛得在地上不斷打滾哀號。

孟離讓東湛等人先行撤退，將手放進嘴巴吹了聲響亮的口哨，貓立即聚集在他周圍，由他帶領著一起離開。

幾乎才出帳篷，有些傾斜的帳篷便再也承受不住地頹然倒地，瞬間塵土飛揚，餓鬼也被覆蓋在那之下。

他們剛剛都待在帳篷內，如今眼前所見的戶外景象讓他們移不開目光，天地在剎那間變色，日光被遮蔽，四周變得灰濛濛一片。

遠方的某處飛揚起大量的塵土，朝著市區、也就是中央街的方向全速湧去。

「那個是什麼？」東湛把手放在眉梢上瞇起眼，專注地盯著遠方奇異的景象，但大都被飛揚的塵土遮蓋了，看不清楚。

孟晗從口袋拿出折疊式單筒望遠鏡，手動調整倍率，直到看清塵土後的真面目。他愣了一下，「那是餓鬼。」

「餓鬼？是像我們剛才碰到的那種變異餓鬼嗎？」東湛問道。

「數量還要更為龐大，簡直像一支軍隊，他們正成群結隊朝中央街前進。」

孟晗證實道。

「軍隊……」東湛不敢置信地喃喃。

「要是牠們攻進中央街，後果肯定不堪設想，我們必須趕在這之前阻止這支軍隊。」小孟當機立斷做出決定。

「那孟婆庄的事怎麼辦？」東湛擔憂地問道。

「抱歉，這事只能之後再說了。我們得先處理眼下的餓鬼大軍，要不然別說是孟婆庄，陰間可能都要毀於一旦了。」小孟朝東湛露出抱歉的神情。

「怎麼這樣啊……」東湛一臉欲哭的樣子。

「沒時間了，騎我的貓去吧。」隨著孟離的彈指聲，幾隻貓的體型忽然變得無比巨大，足以承載一個成人的重量。東湛再一次愣住了。

「趕快出發吧！」巨貓像是在附和馬戲團團長，紛紛「喵嗚」了一聲，然後伏低身子示意他們坐上來。

只見孟離一馬當先地俐落翻身，跨坐在巨貓背上，對他而言就像是馬戲團表演一般熟練。孟氏一族的另外兩人也跟著照做，絲毫不覺得有哪裡奇怪。

東湛起初還有些抗拒，但當他眼角餘光瞄到新一波餓鬼大軍即將朝他們而來時，二話不說就坐上巨貓柔軟且溫熱的身軀，「快走吧，事不宜遲！」

孟氏兄弟彼此對看了眼，心領神會地點頭。孟離一發號施令，巨貓立即大步邁開步伐奔跑起來，敏捷地朝著中央街區的方向全速前進。

巨貓的背上比想像中還要平穩，東湛這才終於舒了口氣。看起來什麼地形都難不倒這些巨貓，很快餓鬼大軍便已近在眼前了。

「不過餓鬼是會群體行動的生物嗎？」東湛趁空問一旁的小孟。他有過多次親身跟餓鬼接觸的經驗，餓鬼互相殘殺、搶食才是一般情況。

「餓鬼是由雜靈演化生成，一般而言，靈與靈之間很難有強烈的紐帶。」小孟騎著貓靠近東湛，兩隻坐騎並列奔跑著。

「強烈的紐帶？」

「換句話說，就是主從關係，還有所謂的規則。」小孟繼續解釋道：「但是對餓鬼而言，既不存在主從關係，更沒有規則可言，畢竟它們本身就是負面的產物。」

「可是……」

「有什麼人正在背後操控它們。」

「那是誰——」他當然知道是誰，只是一直不願去承認面對，畢竟那個人也是自己，這樣不就代表所有的災禍皆來自於他嗎？

他們一行人終於稍微超前到餓鬼大軍前方，只見為數眾多的餓鬼中有隻外貌不太一樣的餓鬼在前方趾高氣昂地擺弄著肢體，似乎正在發號施令，就像是領導者一般。

「餓鬼竟然有了階級觀念？」孟晗不可思議地推推眼鏡。

「這些餓鬼都已經變異，原先那些邏輯不再合用了。」孟離雖然冷靜分析，但臉上的表情看起來也很慌亂。

「……那個是什麼？」本來還想說些什麼的東湛，發現另一件不妙的事情，連忙叫大家趕緊往頭上看去。只見有隻形貌類似毒蜂的餓鬼飛在半空中，正朝著他們俯衝而來。

「餓鬼已經變異到能在空中作戰了嗎？快點散開，盡量分開行動！」小孟隨即指示大家分頭避難。

話才剛說完，餓鬼已經來到他們眼前，猛力射出尾巴的毒針。幸好他們及時避開，毒針刺在了地面，那塊土壤立刻被毒液侵蝕。

此時餓鬼大軍中有幾隻脫離了隊伍，朝東湛一行人而來，看來是被首領下令來收拾他們的，事態比預期還要糟糕許多。

他們被餓鬼圍困在荒地上，無法前進了。東湛一個沒坐穩，從貓背上摔了下來，他趕緊爬起身，但臉色越發慘白，甚至連曾短暫出現的痛覺也沒有了……

「時間真的不夠了……」東湛發現自己的身影越來越淡薄，整個人的存在持續弱化。

小孟趕緊來到東湛身旁，馬上注意到異狀，「東湛，你還記得自己是誰嗎？」

「我快要連自己是誰都忘記了。」東湛一臉茫然，眼神渙散半闔著眼，精神狀態看起來非常糟。

「先說聲抱歉了。」小孟沒來由地表示。

「好端端為什麼要道歉……呃！」

小孟賞了東湛一巴掌。東湛莫名其妙就被打了，挨打的臉頰迅速紅了一片，但也多虧如此，他總算清醒了些，理智也逐漸回籠。

「怎樣，醒了嗎？」

「醒來是醒來了，但你也打得太大力了吧！」東湛實在氣不過想回擊，但手還沒揮出去就被小孟笑嘻嘻地反制回去。

「你知道在雪地睡著有可能一覺不醒嗎？這樣才是最好的做法。我可是在救你啊，你不感謝就算了，還要打我？」

「……這是兩碼子事！」東湛依舊氣憤，一臉悻悻然地收回手。

「算了、算了。」小孟硬是浮誇地補上一槍，「真是讓我傷心欲絕，虧我們還是好兄弟。」

「你的兄弟已經夠多了，不要到處跟人稱兄道弟啦！」東湛指的是孟晗跟孟離，小孟雖然從沒說過他們一族有多少人，但人數應該相當驚人。

「好了，別抬槓了！」孟晗出聲要他們安靜，「先清除眼前的障礙物吧。」

餓鬼已經逼至眼前。

「就讓大哥我先打頭陣吧。」小孟率先衝到前頭，懷裡不知何時多出了那把總是裝有忘卻茶的水槍。

「用水槍行不通的吧?還有原來小孟是大哥嗎?」看著小孟毫無顧忌地站上戰場前線，東湛不可思議地睜大雙眼。

「我們的輩分差不多，但孟瀾比我還有孟晗大上一輪。」孟離說。

「你說的一輪是指多少?」東湛覺得有必要問清楚。

「一百二十年。」

——竟然是陽世一輪的十倍嗎!

「那不是普通的水槍，看看它的彈匣。」孟晗示意。

「真的耶，彈匣是紫色的……」沒記錯的話，先前水鬼事件時小孟使用的是黃色彈匣，這回卻是紫色的。

餓鬼咆哮著直直朝小孟衝撞而來，手持水槍的小孟只是游刃有餘地扣下板機，登時射出了幾顆大泡泡。泡泡飄浮在半空，餓鬼想也不想地就把泡泡刺破，卻在觸及到泡泡的那一秒引發大爆炸，強烈的衝擊直接將它炸成碎片，頓時血肉橫飛。

其餘的餓鬼想當然爾，也隨即步入後塵。一時間，混雜著飛沙與血沫的腥臭味隨風飄來。

「唉，餓鬼雖然有了階級概念，智商還是沒什麼成長呢。」大功告成之後，小孟溢出滿足的感嘆聲。

「小孟，你……。」東湛突然不知道該如何看待總是一副玩世不恭模樣的小孟，沒想到對方動起真格來竟是說殺就殺。

「這樣你就知道紫色彈匣的用途了吧。」小孟朝他揚起甜甜的微笑。

「那還有其他顏色的彈匣嗎？」東湛的內心深處竄過一抹不寒而慄。

「除了黃色和紫色還多著呢，以後有機會再說吧。」

「別大意了，危機還沒解除！」孟離忽然一隻手搭上東湛的肩，將他往後拉開。

幾乎是在被拉離的後一秒，毒蜂型餓鬼將針射在了他原先站立的地方。剛才只顧著談話，都忘了半空中的威脅依然虎視眈眈等著偷襲。

「我們也上吧！」孟離騎在巨貓背上，幾個踏步就躍向半空中，遠看像是貓忽然飛起來了。馬戲團團長熟練地甩出馴獸鞭，鞭子在餓鬼身上纏繞了幾圈，孟離一施力，就從貓背移到了餓鬼背上。

餓鬼又驚又怒地想把人甩掉，但孟離只是氣定神閒地坐在上頭，任憑餓鬼不斷掙扎，他還是好端端地坐在上面。孟離的馴獸技巧高超，沒想到竟然將馴化的技巧用來制服餓鬼。

餓鬼很是焦躁的樣子，不斷甩動身體、嘶吼威嚇，但都沒有用。接著孟離湊到餓鬼疑似是耳朵的部位細聲說了句什麼，餓鬼立刻怒氣沖沖地橫衝直撞。

孟離隨即吹了聲口哨，貓迅速跑去迎接從餓鬼身上跳下來的馬戲團團長。在幾秒之後，餓鬼就一頭撞在崖壁上，壁面上有塊細長尖銳的岩石，一擊就刺穿了餓鬼。

「孟離，你剛剛跟餓鬼說了什麼？」

「什麼也沒說。」孟離態度輕鬆地聳肩。

「騙人。」東湛才不買帳，他直勾勾地盯著孟離瞧，深信他肯定說了什麼咒語，餓鬼才會如此反應。

「你知道好奇心會殺死一隻貓嗎？」孟離嘆了口氣，「沒有騙你，我什麼話都沒有說，只是在它耳邊吹氣。」

「……你是變態嗎？」看來好奇心不只會殺死一隻貓，還會扼殺全身上下的細胞。

「叫你不要問，你偏要。」看到東湛的反應，孟離覺得很是有趣。

半空中兩隻毒蜂型的餓鬼不斷盤旋，仍然戰意旺盛地朝他們嘶聲怒吼，沒有因為同伴的死狀而退卻。它們一根接著一根，不停噴射毒針，東湛等人趕緊分頭散開。

其中一隻盯上孟晗，另一隻則追著孤軍奮戰的東湛。東湛只能先死命逃跑，想盡辦法甩開餓鬼，畢竟此刻毫無用武之地的他簡直是敵人眼中最顯眼的目標。

孟晗根本不打算逃跑，他不知何時拿出一把狙擊槍，將準星對準目標便扣下扳機，子彈幾乎是在擊出的剎那便精準地命中餓鬼。

被擊中的餓鬼先是硬化成石頭，接著表面忽然爬滿密密麻麻的裂痕，然後整個脆化，碎成粉塵消散在空中。

「東湛，快點過來。」他朝著遠方的東湛招了招手，「你知道我是道具租借室的管理人吧？這把狙擊槍也是道具租借室的道具。」

「你叫我來就只是為了說這個？」東湛不可置信地揚聲回道，同時瞥了眼仍然窮追不捨的餓鬼。

「這是從道具租借室拿來的。」

「所以？」

「道具租借室。」孟晗只是不厭其煩地再一次重複這個關鍵詞。

起初東湛不知道孟晗想表達什麼，接著便恍然大悟。他轉身面對餓鬼，閉上了眼睛深呼吸，只要誠心誠意呼喚，那麼必會回應他。

眼看餓鬼就要殺到他眼前，下一秒一個龐然大物從天而降，直接將餓鬼壓成了肉餅。餓鬼黏稠的體液還濺到東湛臉上，可見重力加速度的威力有多大。

那是他心心念念的道具租借室，一道通往道具租借室的門就這麼憑空出現在餓鬼正上方，把牠壓成了肉沫。

「還以為這次真的死定了……」解除危機的東湛虛脫癱軟在地。

孟晗朝他走近幾步，「還好嗎？」

「謝謝你告訴我這個方法，總算是逃過一劫了……」東湛依舊驚魂未定。

「事情還沒結束呢。」小孟過來打斷他們的談話，提醒道：「那支餓鬼大軍已經不見蹤影，很可能已經衝進中央街了！」

東湛等人聞言立刻動身，騎在巨貓背上繼續往中央街趕去。如果不盡快阻止那支來勢洶洶的餓鬼大軍，不出多時恐怕整個陰間便會淪為煉獄。

他說什麼都不能讓另一個自己的野心玷汙這一切。

陰間各處陷入火海，目光所及之地都是異變的餓鬼。

居民的哀嚎聲此起彼落，情況遠比想像中還要糟糕許多，面對大量的變異餓鬼，他們似乎毫無勝算。四處都可以看見逃竄的人潮，場面陷入一片混亂，手無寸鐵的陰間居民只能驚慌逃命。

逃跑的人們臉上寫滿驚慌失措，途中有人跌倒，下一秒立刻被虎視眈眈的餓鬼直接生吞了，連最後的喊叫聲都沒能發出。有人被吃了，有人硬生生被撕開，還有幼小的孩童跟年長者走散了。現在人人都只能只求多福，拚命逃離這場猝不及防的災難。

上官申灼從審判廳出來便見到這彷彿煉獄一般的景象，前世的回憶忽然湧上心頭。還是徐生的他也曾經歷過這樣的煉獄，叫天天不應、叫地地不靈。

他試圖離去，卻發現身體不聽使喚，雙腳像是生了根似的動彈不得。

「你還好嗎？」一隻手猛力搖晃上官申灼的肩膀，是肆號。

「我……」上官申灼口乾舌燥，發現自己一句話都說不出來。

「別恍神了，現在當務之急是要趕快找到那個人。」

「……我無法見死不救！」上官申灼神情沉重的垂下眼。

「所以要先解決那個人……」肆號試圖緩和對方激動的情緒。

「我知道。」上官申灼的語氣充滿無奈，「但眼睜睜看著那些無辜的靈魂被餓鬼吞噬卻見死不救，讓我感覺又變回了徐生。無論是那時候的他還是現在的我，本質上都沒有改變，依然是那個無力的我。」

「別說了。」肆號忽然上前抱住上官申灼，輕輕拍了拍他的背，「我都知道。」

上官申灼僵硬地接受肆號突如其來的舉動，霎時間有些不知所措。

「冷靜下來了嗎？」意識到自己的行為後，肆號尷尬地鬆開手，後退了幾步。

「抱歉。」上官申灼總算取回理智，但他依然不明白，「餓鬼通常只存在於陽世的光與暗夾縫，如此多的餓鬼究竟從何而來？」

「想必是有人開啟了讓餓鬼從陽世過來的通道，把所有餓鬼都引到陰間。」

「如此大費周章，只是為了摧毀陰間？」

「恐怕不只這樣，記得我們的下方還有哪裡嗎？」肆號低下頭看著自己腳邊。

「地獄。」

「那個人是想擾亂三界的平衡。」肆號臉上的表情淡然，但眼神堅定，「如果真讓他得逞的話，到時候我們一個都逃不掉。」

「你不是能夠感應他的存在嗎？他現在在什麼地方？」上官申灼問道。

「離這裡不遠……身邊有很多餓鬼，他在命令那些餓鬼替他做事。」肆號頓了頓，將感應到的情況緩緩道出。

「好，我們就快點行動吧！」

「呀！」前方忽然傳出小女孩驚恐的尖叫聲。女孩臉上爬滿驚懼的淚水，顫抖著拚命移動瘦弱的身軀，想從餓鬼手下逃離。

她用盡了最後一口氣，努力挪動步伐，餓鬼則步步跟在女孩身後，不時逗弄地使出非致命手段攻擊，彷彿無比愉悅。

上官申灼和肆號將眼前的景象看在眼底。肆號首先發難，他幾個跳躍，很快就來到餓鬼面前，伸腳就是一個橫踢，強勁的力道讓餓鬼往後飛去，直至撞破幾面牆才停住。

但肆號並沒有就此罷手，他抓起餓鬼的腦袋，硬生生地把它塞進一旁的水泥牆，然後就是一陣毫不留情的痛打，最後則由上官申灼拔刀取下敵人的首級。

「這全都是那個人的傑作？」上官申灼握緊刀。這些異變的餓鬼已經完全超出他的理解範疇了，竟然懂得思考跟玩弄敵人，看樣子事情比想像中棘手得多。

很難將此刻戰火肆虐的中央街和前幾天一片祥和的景象聯結，陰間陷入了有史以來最嚴重的混亂。假東湛不知用了什麼方法控制餓鬼，並讓陰間居民的靈魂瞬間成了這些餓鬼的大餐。

一路上他們所經之處都是些血腥的畫面，地上流淌著鮮血，還有分不清到底是陰間住民還是餓鬼的殘骸。上官申灼拔刀殺出一條血路，肆號沿途也殺了幾隻體型龐大的餓鬼。

他們來到中央十五街外圍的區域，這裡的餓鬼沒有中央街中心部多。不時還能看見幾個警備隊的成員聯手協力剷除餓鬼，努力平息這場災難。或許事情還有轉圜的餘地，不只是他和肆號，其他人也正憑自己的力量想解決陰間的危機。

上官申灼隱約聽到附近有作戰的聲音，本想過去看看能否幫上什麼忙，卻被肆號阻止了，「我能夠感應到他就在這附近，而且身邊餓鬼的數量驟減，我們快點過去吧。」

上官申灼本想再說些什麼，但最後只是遠眺了一眼，隨著肆號的腳步離去。

與此同時，跟上官申灼錯身而過，正在與餓鬼苦鬥的警備隊員，正是第三分隊的茜草。

面對陰間的大危機，全部警備隊員都被分散到各處，與不知從何而來的餓鬼大軍纏鬥。茜草在警備隊的資歷還相對算是新人，如此艱困的狀況對他而言是頭一遭，更糟的是他還與搭檔的檀走散了。

此刻他獨自面對兩隻奇形怪狀的餓鬼，糾纏了好一陣卻還是無法分出高下。那兩隻餓鬼像是泥巴一樣，碰觸到的東西會在瞬間被溶解，而且關鍵時刻會融合在一起，又會散開化成一小灘一小灘的爛泥巴。

「我討厭工作，我要申訴討加班費，還要精神賠償！」他不想工作，只是不知道用不著工作的那天何時才會到來，或許一輩子都不會來了。

茜草自暴自棄地想著自己是否就要死在這裡了，但戰鬥的動作依然沒停下。

他的武器是一把西洋劍，很符合他自身高貴的氣質，無奈無論如何戳刺劈砍，餓鬼就像是灘軟爛的泥巴，絲毫不起任何殺傷效果。

兩隻餓鬼又融合在一起了，它們變得更為高大，還多出了數隻肢節，猛然向他撲來。儘管茜草意識到大事不妙，但眼見來不及閃避乾脆放棄逃跑。他現在心裡的負面情感已經蓋過求生的本能。就這樣吧，死了就不需要工作了吧。

「你是笨蛋嗎？」檀的聲音忽然傳來。

茜草如驚醒般睜開眼睛，不斷左右張望尋找聲音的主人，但沒看到熟悉的男孩身影。下一瞬間，周遭突然颳起強風，茜草趕緊低下頭躲避，但頭上的帽子還是被捲入氣流中。

這時他才發現，周圍竟盛開了一朵朵豔紅的花，花瓣捲入氣流中變成銳利的刀刃，融合的餓鬼被捲入了颶風後，被大量花瓣掃射成了仙人掌，它們來不及重新融合，很快就被支解成粉末，消散在花瓣氣流中。

檀走了過來，將手中的帽子按回茜草頭上，「為什麼要放棄？」

「檀！見到你真是太好了！」茜草看到自家搭檔立即紅了眼眶，情緒激動地抱住男孩。

「你為什麼要放棄？」檀把問題又重複一遍。

「因為不可能贏啊，我的武器根本派不上用場。」茜草無奈地聳了聳肩。

「所以就放棄了？」

「我也是迫於情勢啊……」

「當你甘願屈服於現狀，那才是輸了，全盤皆輸，所以我才說你是笨蛋。逃跑也是一種選擇，為什麼不乾脆認輸逃跑算了？」

茜草驚愕地睜大眼睛，這兩個字彷彿是對他的一種侮辱，「我可是警備隊的一員耶，從穿上制服的那一刻我就有所自覺，不會做出侮辱這份工作的事情！」

「既然你有這份自覺，從今往後就好好努力工作吧。」檀只是點了點頭，然後笑了。

不知為何，茜草有種中計了的感受。他巧妙地轉移了話題，「檀你好厲害啊，三兩下就消滅了那兩隻餓鬼！」

「不是說過了嗎？我很強。」

「但你每次都把麻煩的工作丟給我，自己只做輕鬆的。」

「我是在磨練你，你廢話太多了，很吵。」

面對前輩的教誨，茜草理應虛心接受，「不過，你剛剛那招是什麼啊？」

「商業機密。」這對檀來說當然不是什麼不能公開的祕密，只是要解釋實在太麻煩了，因此以下省略。

「認識檀那麼久，好像還是不瞭解你這個人耶。」茜草忽然有感而發。

「是嗎，那你想瞭解什麼？」檀偏過頭。

「比如說前世啊，是出於什麼原因而來到這裡的。」

「來這裡的人都會被洗去上一世的記憶，連名字也無法自行決定，你難道都忘記了嗎？」

「可是我覺得檀是不一樣的，我說得對嗎？」

「為什麼你會這樣認為？」

「因為你是第三分隊的第一個成員啊，比我們都待得更久。」茜草頓了頓，說出隱藏已久的真實想法。

檀沉默下來，只是盯著對方看，而後忍不住輕笑出聲。

茜草說得沒錯，他的確有前世的記憶，也的確在這裡待得比誰都還要久，那是因為他不曾想要離開，自願留在這裡。為了留在這裡，他幾乎是無所不用其極，偶爾還會說幾個小謊、犯幾個小錯，就是為了要讓刑期加長，不然也不知道還能去哪了。他跟他們同樣都是罪人。

「我的確還記得前世。」檀坦承道。

「真的？那前世的檀是個怎樣的人？」

「我只告訴你一個人，可別大嘴巴逢人就說喔。」檀話先說在前頭。

「我不會說出去的！」茜草立即點頭允諾，眼睛睜得大大的，他想知道關於檀這個人的真相。

「我跟其他人不同，沒有所謂的前世。我從前是神將，因為犯下了不可饒恕的罪過，才被下放到這裡償還罪孽。」

「噗哧！」沒想到茜草卻忍俊不禁笑了，「別開玩笑了，那麼厲害的人怎麼可能會來這裡呢。」

然而檀只是一言不發地看著他。見檀這個樣子不像是在開玩笑，茜草才意識到搭檔是認真的。沒想到檀是如此了不起的大人物，茜草語氣滿是敬畏地再次開口說道：「檀你真的是神將？」

「對，你還懷疑嗎？」

「因為是神將才保有前世的記憶嗎？」

「是我自願將記憶保留下來，我不想忘記那時候犯下的錯誤，想時時刻刻警惕自己。可能也因為我曾是神將，上面的人也同意賦予我這個額外的方便。」

「這是不是算走後門的一種？」

檀只是聳了聳肩，「隨你怎麼想，要這麼認為就這麼認為吧。」

「我只是沒想到檀是這麼厲害的人物，以前總以為是在唬我，沒想到是真的。」

「好了，我不想在這個話題上逗留太久。」檀話鋒一轉，「現在餓鬼大軍入侵了陰間，這回我必須借助你的力量，茜草。」

「知道了，我不會扯你後腿的！」茜草沒有絲毫猶豫，他雖然討厭工作，討厭勞動，但作為檀的搭檔，他會全力以赴。

めんじゅう　ふくはい

陽奉陰違

第七章

孟婆庄

MENJUUFUKUHAI

才剛抵達中央街外圍，東湛就被眼前混亂的景象嚇傻了，窒息的壓迫感讓他無所適從。此刻孟氏一族都在不遠處作戰，失去能力的他只能在一旁乾著急。

直到一隻觸手猝不及防摸上來、將東湛攔腰捲起，他才發覺自己已經被另一股虎視眈眈的黑暗包覆住。東湛被帶有吸盤的觸手緊緊捉住，那是隻模樣像八爪章魚的餓鬼，它不斷移動，同時揮舞著巨大的觸手，所到之處都伴隨著破壞。

東湛只想盡快脫離餓鬼的掌控，卻無力反擊。這時他聽到好像有人在叫他，連忙轉頭四下搜尋，但沒看到任何人影。

在他沒注意到的黑暗角落悄悄出現了兩個身影，正是墨氏兄弟。

其中一人手持弓箭置於弦上，射出時挾帶著凌厲的箭壓，數箭齊發，眨眼間就擊斷餓鬼的多隻觸手，當然也包括緊緊纏繞著東湛的那一隻。

餓鬼發出一聲聲淒厲的哀號，沒了觸手後變得有些滑稽，東倒西歪地想平衡身體。但即便行動被打亂，它還是依循著本能，用龐大的身軀將附近的建築破壞殆盡。

另一個人影幾個踏步高高躍起，巨大扇子的邊緣流淌出金屬特有的冰冷光澤，氣勢萬鈞地朝餓鬼心臟的位置擲出。扇子在空中高速迴轉，刻畫出俐落的弧度，然後將餓鬼整個斬成兩半，巨大的餓鬼宛如不堪一擊的豆腐渣。

餓鬼連垂死的掙扎都沒有，龐然身軀頹然倒地，激起大片的塵土飛煙。待塵埃消散得差不多，餓鬼也化為地上的一灘血水。

脫離餓鬼束縛的東湛往下墜落，跌了個四腳朝天，但能在這裡見到熟人，他實在很開心。不知為何他總覺得這或許會是最後一面，「亦哥，阿徹。」

墨良徹看了看東湛的身周，「只有你一個人嗎，申哥呢？」

「我不知道，我是跟小孟他們一起行動，其他人還好吧？」

「我們在過來的路上有看到其他分隊的人和檀，他們也都在跟餓鬼作戰。」墨久亦回答。

「原來是這樣啊……」聽到警備隊無人傷亡，東湛頓時鬆了口氣。但他知道這樣下去不是辦法，必須解決始作俑者才能解除陰間的危機。更何況這起事件也算是因他而起。

「東湛，你是不是知道什麼？」墨良徹敏銳地從他的表情讀到些訊息。

東湛點了點頭，他本就沒想隱瞞，於是稍微統整了腦袋裡的那些情報，然後一五一十地告知兄弟倆。

「所以我必須趕快去孟婆庄，你們知道孟婆庄在哪裡嗎？」

「孟婆庄的話……」墨良徹沉吟片刻，然後伸手指向某個方位。於此同時，墨久奕也指了個跟弟弟不同的方向。

「在那裡。」兄弟倆異口同聲地說道。

「咦？有兩個孟婆庄嗎？」東湛整個錯愕。

「我記錯了，是那邊才對啦！」看到自己跟哥哥指的是不同方向，墨良徹連忙糾正過來。

「到底是哪邊？」東湛混亂地偏頭。

「你不該問對方位不太靈敏的人這種問題！」墨良徹義正詞嚴地雙手扠腰。

「對方位不太靈敏……你是想說路痴嗎？」東湛沒能忍住，噗哧一聲笑了出來。

「我沒說！」墨良徹硬是要追究對方的用詞，「我只是偶爾會搞錯，不代表我不知道路，跟路痴還差得遠咧，你有沒有聽懂！」

「我懂、我懂！」東湛隨即露出一個曖昧至極的笑容，刻意揉亂墨良徹的頭髮，「沒想到小徹徹也有這麼可愛的一面。」

「你叫誰小徹徹啊，只有亦哥可以這樣叫我！」墨良徹滿懷希望地望著自家老哥。

墨久亦卻一臉為難，「我拒絕。」

雖然現在的東湛沒有任何能力派得上用場，自己也快要消失了，但此刻碰上兄弟倆令他安心了不少，不自覺地露出了開心的表情。

「你這什麼表情，剛才那一摔腦子跌壞了嗎！」墨良徹毫不留情地吐槽。

墨久亦招手要東湛過來，只見他利用手邊的工具在地上畫了一幅簡易地圖，「孟婆庄距離此處有好幾公里，途中需要經過各種地形，現下我無法精準告訴你地形狀況，所以能給你的建議只有走海路或者……」

「或者？」

「天空啊。」墨良徹接話：「走空路是最安全的。」

東湛錯愕地抬起頭看向天空，「可是我不會飛啊，這裡有像陽世那樣的空中交通工具嗎？」

「這可真傷腦筋。」墨久亦眉頭蹙起若有所思。

「這很好解決！」沒想到墨良徹語氣輕鬆地出聲，「有些餓鬼異變成能在空中行動的型態，我們可以馴服幾隻，然後以武力脅迫載我們去孟婆庄啊！」

「絕對行不通！」東湛和墨久亦對視一眼，異口同聲制止這個大膽的想法。

「這是不可能的，餓鬼根本無法溝通，腦袋裡只有破壞。」墨久亦並不認同弟弟異想天開的想法。

「不，或許真的有可能也說不定……」在一番思考後，東湛竟得出了與先前截然不同的結論。

兄弟倆同時望著突如其來發表驚人言論的東湛，弟弟更是饒有趣味地看著對方。

「小孟說過異變的餓鬼有了階級的概念，我先前也目睹餓鬼大軍有類似領袖的傢伙，如果它們會懼怕比自己還要強的對手，或許也不是辦不到。」在兩人的目光注視下，東湛只好進一步解釋。

「餓鬼已經進化到這種程度了啊……」墨久亦有些詫異，這不是他所熟知的餓鬼，看來有必要實驗看看它們的進化成果了。

「的確有實行的可能性。」墨良徹也覺得可以實驗看看，「那誰去做？」兄弟倆再度同時看著東湛。東湛立即舉白旗投降，「現在的我已經沒有能力了，要我以武力脅迫它們屈服，實在是有點難度……」

「誰要你去殺餓鬼啦，你要做的比這還要簡單好幾倍。」墨良徹忽然一隻手搭在東湛的肩上，把臉湊近。

東湛愣愣地「啊？」了一聲。

「我們需要一個引誘餓鬼上鉤的誘餌。」墨久亦很快公布答案。

「誘餌？我？」東湛指了指自己，然後猛力搖頭。

「有什麼難的？就像我們來救你之前那樣啊，站在原地就可以了。」墨良徹說得一派輕鬆。

「……你自己去當當看啊！」

「放心，你只要將餓鬼引來，剩下的交給我們。」墨久亦朝著他揚起鼓勵的微笑。

「真的沒問題嗎……」東湛仍在猶豫不決，遲遲無法下定決心。

結果，十分鐘後——

「為什麼事情會變成這樣啊！」東湛驚恐地大聲嚷嚷，此刻他待在中央街一處空曠的廣場，附近沒有任何陰間居民，也沒有餓鬼出沒。他被當作顯眼的目標，用來吸引半空中餓鬼的注意。

兩兄弟躲在一旁等待時機出手，但幾分鐘過去了什麼事都沒有發生。東湛不禁鬆了口氣，可是對兄弟檔來說就不是什麼好事了。

「東湛。」墨良徹實在看不下去，將手圈在嘴巴旁，盡量降低音量說道：

「好歹做點什麼吧，這樣什麼事情都不會發生的！」

「要做什麼？」東湛一臉狐疑地望過去。

「我怎麼知道，你是誘餌自己想！」墨良徹無情地把問題又扔了回來。

為了不知何時才能到得了的孟婆庄，東湛嘆了口氣，心不甘情不願地動身，做出他認為最能吸引餓鬼注意的行動……

東湛在原地跳起了健康操。

「那個舞姿是什麼？」墨良徹不敢置信地小聲問著自家哥哥。

「不知道，這可能是陽世流行的一種舞蹈。」墨久亦認真地回應道。

墨良徹似非懂地點了點頭，「難怪我們不知道了，這種流行很難引起共鳴。」

「阿徹，流行都是難以理解的東西。」

「懂了，亦哥！」

東湛不知道兄弟檔在交頭接耳議論什麼，他在乎的只有能否完成誘餌的任務，因此比從前還要更加聚精會神地跳著健康操。明明想不起陽世偶像時代的舞步，睽違十幾年的健康操身體卻自己動了起來，熟練得彷彿每天都在跳。習慣真是可怕啊，已經牢牢刻印在身體深處了。

健康操很好地發揮應有的效果，身體逐漸熱了起來，東湛也得心應手，完全沒注意他的健康操已經成功引起一隻高空處餓鬼的注意。那是有著巨鳥外貌的餓鬼，東湛的舉止無疑是個挑釁的活靶。

巨鳥餓鬼猖狂地咆哮一聲，揚起翅膀從高處俯衝而下。也不知道是不是跳出心得了，東湛渾然未覺地埋頭努力跳著健康操，直到餓鬼的爪子勾住上衣把他拉離地面，才猛然驚覺自己成功成為了獵物，頓時不斷揮舞雙手掙扎，「救命啊！」

墨氏兄弟這時才趕緊從隱匿的地點出來。墨久亦在千鈞一髮之際放出一箭，精準地射中餓鬼的爪子。餓鬼吃痛地放開了獵物，東湛從半空摔落，都還沒來得及站穩，眼角餘光只瞥見墨良徹擲出鐵扇將餓鬼擊昏。

餓鬼從數百公尺的高空墜落，頓時頭昏腦脹，墨良徹已經迅速爬到餓鬼的背上，試圖用武力逼迫餓鬼就範。

但餓鬼不斷掙扎，墨良徹也只能來硬的。就在雙方你來我往打成一團之際，被餓鬼哀號聲引來的其他幾隻巨鳥型餓鬼也加入了戰局。在墨良徹忙著跟身下的餓鬼搏鬥時，墨久亦則是忙著跟增援的那幾隻餓鬼纏鬥，兩人都有些分身乏術，東湛見狀想幫忙，卻使不上力。

「可惡……如果我的能力還在的話……」

這時候終於有人趕來支援，是檀跟茜草這對搭檔。

男孩跑過來的同時伸出一手，地上便忽然長出莖蔓，不斷地蜿蜒向上生長。這些粗大的藤蔓很快就把餓鬼都捆住，像繩索一樣讓它們動彈不得。

「你們都沒事吧？」檀第一件事就是關心同伴的安危。

「好厲害啊！」仔細想來，東湛根本沒看過檀真正出手的時候。印象中檀都窩在辦公室處理那些堆積成山的公文，總是茜草一人在外奔波，「檀，你這招是什麼啊？」

「我都聽小孟他們說了。」沒想到檀壓根不打算回應他的問題，「你是不是要去孟婆庄？」

「所以我們才想借助這些能夠在空中飛行的餓鬼……」

「根本行不通的啦！」茜草絲毫不介意當眾潑他們冷水，「你看看這些餓鬼，真有可能馴服嗎？」

墨良徹已經徹底放棄馴服餓鬼的念頭，直接把餓鬼斬殺了，其餘的餓鬼雖然暫時都被檀的藤蔓箝制住，但仍舊不停激烈掙扎。

「我……」東湛一時之間不知道該說些什麼才好。

但下一秒檀卻帶來個好消息，「我帶來了幫手，你可要好好感謝人家喔。」

「幫手？在哪裡？」東湛四處張望，就是找不到檀口中所說的那位有力幫手。

此時天空中忽然出現一隻龐然大物，牠那富有重量的雙足緩緩降落在地面時，還伴隨著不小的震盪——那是東湛曾經在公務員考試遇過的檮杌。

檮杌是遠古四凶之一，外形就如同老虎一般，全身賁起的肌肉線條被湛黃帶有線條的毛皮包覆，像貓科動物靈敏矯捷，卻有著一張似人的臉孔，一雙黑色如墨的眼睛射出銳利的芒光，是會讓人打從心底畏懼的存在。

「不會是要我騎檮杌吧？」會死的，絕對會死的！東湛不敢置信，緊張得不斷握緊拳頭。

「你不會是怕檮杌吧？膽小鬼。」看到東湛如此驚懼的模樣，墨良徹不給面子地發出一聲嗤笑。

「檮杌是陰間公務員忠心的伙伴，相信牠好嗎？」檀幫檮杌說上幾句好話。

檮杌盯著東湛猛瞧，然後緩緩將身子伏低，示意他趕緊坐上來。東湛的心底深處仍有些抗拒，但最後還是硬著頭皮騎了上去。

「這裡就交給我們，記得快去快回。」墨久亦叮嚀道。

東湛本想應聲「好」，但越想越不對勁，抬起頭看了看其他人，「你們不一起去嗎？」

四下無人回話，最後在眾人的目送下，東湛騎著檮杌飛快向孟婆庄奔去。檮杌的外型明明像是老虎一樣，卻能在空中奔跑，不愧遠古四凶的名號。

其他人就這麼放心他單獨和檮杌一起行動，會不會半途中就被吃了啊？東湛越想越不自在，被高空的冷風颳得猛打顫。只能希望順利抵達孟婆庄，取得需要的東西。

肆號對假東湛的感應，一路指引著肆號和上官申灼找到假東湛的所在地。

遠遠就可以看到一個身形高挑的男子站在那裡，附近沒有任何餓鬼的蹤跡。他像是久候多時，察覺到他們便轉過身，用著那張與東湛十分相似的臉笑了笑，「你們來了啊。」

上官申灼在距離對方十幾公尺處停下，不再往前半步，「你看到我在這似乎不是很驚訝。」

「那是當然，你可是刑務警備隊第三分隊的隊長上官申灼，這麼輕易就被打敗未免也太可笑了吧。」假東湛低聲笑了起來。

「那些異變的餓鬼是不是你搞的鬼？」

「你為什麼會這麼認為呢？」假東湛假惺惺地睜大眼，偏過頭乾笑了兩聲，面無表情地看著他們，「沒有這些餓鬼，就無法摧毀陰間和地獄了。」

「你究竟想做什麼？」

「我一開始不就說了嗎？摧毀陰間跟地獄。雖然有點麻煩，但事實證明我的實驗很成功，看看我的餓鬼大軍！」

「實驗？」上官申灼連忙問道。

「真是的什麼都要問，如果你願意成為下一個實驗體的話，我倒是可以考慮回答。」

「別中了他的圈套。」肆號冷靜地安撫上官申灼。

假東湛像是總算注意到肆號的存在，目光移了過來，「嗨，另一個我。別這麼冷淡嘛，畢竟不趁現在打好關係的話，我吞噬了你之後怎麼好好相處呢。」

「……我不會讓你如願的。」肆號語氣平靜地回擊。

「話可別說得太早，」假東湛露出輕蔑的笑意，輪流看著兩人，「不是想知道我是怎麼做的嗎？說給你們聽也無妨。」

兩人都一臉警戒地瞪著悠然自得的假東湛。

「我被關在地獄很久很久，相信你也知道，肆號。」肆號也是由於他的緣故，加上一些錯綜複雜的原因而被迫成為重刑犯，進而成了送刑者。

「我因為數不清的前世累積的罪孽而被關在地獄深處，偶然間得知自己的靈魂並不完全，就期盼著另一個我的到來，好讓我可以出去。但我實在是等得不耐煩了，便決定自己動手。」

因為靈魂不完全的缺陷，導致他可以直接觸碰到他人的靈魂，他便開始製造他的使徒。但是他仍然無法從地獄出去，必須藉由他人間接達成目的，而他唯一能直接碰觸到的，是一名至今仍不知道身分的地獄守門人。

他複製了那個人的靈魂，讓自己的靈魂汙染原本的靈魂進而控制，藉此成功離開地獄，去到陽世看看久違的天空，然後製造大量的異變餓鬼。

原本那些餓鬼只是汙濁的低等生物，但在他改變了它們的靈魂序列後，便變得更加好鬥，不只互相殘殺，還會吞食同類。吞食同類的餓鬼的確變得更不一樣了，開始產生了意識，能夠服從權威並成群結隊行動。

這正是他想看見的弱肉強食世界，強者會跟強者結盟，變成只有強者生存的群體。然後再對它們施以暗示，進一步吞噬其他同樣強大的傢伙，不斷地循環。就在這時，他看到了在陽世裡的另一個自己。

他頓時怒火中燒，憑什麼他得待在水深火熱的地獄深處，而另一個自己卻可以活得如此逍遙自在，這世界是多麼的不公平啊。因此他策畫了一場意外，讓另一個自己再度回到陰間。

但他低估了原本在陰間的另一個自己，那個送刑者。送刑者原本只是一縷漂泊的靈魂，想要作為守護靈守護在陽世的東湛。因此他刻意利用送刑者的身分犯下無數的罪行嫁禍對方，如此一來，送刑者就無法保護陽世的東湛了。

接著一切都如他所料，來到陰間的東湛發現了暗巷裡通往地獄的門。透過接觸他，悄悄將東湛的特殊能力偷了過來。雖然他也有類似的能力，但還不完全，就如同他們的靈魂只是拼圖的一角。

現在所有的靈魂都湊齊了，即將重生一個完整的新東湛。

「好啦，我的故事說完了，現在該聽聽你們的了。」假東湛態度不改，神情輕鬆地說道。

透過對方的自白，上官申灼迅速統整出幾個要點。假東湛跟東湛一樣有複製靈魂的能力，所以他複製了地獄看守人的靈魂去陽世間製造異變的餓鬼，而且只要對餓鬼下達某種指示，它們就會變得易怒狂暴甚至巨大化。一切都是為了摧毀囚禁他許久的陰間及地獄。

「你想知道什麼？」肆號對著臉龐與他相似的男人說道。

「想知道你們打算怎麼對付我啊，難不成要我等你們嗎？」

「你的餓鬼大軍已經銳減，別想指望它們幫你摧毀陰間了。」上官申灼說道。

「你要對我說的話就只有這些？」假東湛啼笑皆非地看著他們，眼底深處淨是滿滿的嘲弄，「我啊，從來就沒指望別人摧毀這裡喔。復仇這事還是靠自己才有成就感，你們說是吧。」

假東湛停頓了會，繼續說下去，「那些餓鬼不過是個幌子，只是混淆視聽罷了。早在這之前，我就已經達成目的了。你們拿到『那東西』了吧？」

面對突如其來的問句，上官申灼疑惑出聲，「什麼？」

「還能是什麼，九世鏡啊，你們不是還為此去審判廳把東西偷出來嗎？」

知道。

「你……」上官申灼瞳孔震顫。

「你是想問我為什麼會知道嗎？」假東湛好心替他把話續完，「我什麼都知道。」

「身為公務員，你可是知法犯法喔，也太糟糕了。」假東湛嘖了一聲，「不拿出來嗎？不是想看看我前世的真身嗎？」

上官申灼在腦海中迅速消化假東湛的說詞。他們的目的雖然被一眼看破了，但將計就計或許還有勝算可言，便索性直接拿出一直藏著的九世鏡。

假東湛饒富趣味地挑起單眉，沒有任何動作，「仔細看吧。尤其是你，上官申灼。」

「等等，這可能是陷阱。」肆號出言阻止上官申灼魯莽的行徑。

「別再猶豫不決啦，機會只有一次。等等我改變想法，可就不會讓你們這麼好過囉。」

「你可以試試看。」肆號衝了出去，速度飛快地殺到假東湛眼前，掄起拳頭就要揮下去，卻被輕鬆閃過

「你太近了。」假東湛擺出彈額頭的手勢，肆號隨即被猛烈的手勁彈飛幾公尺，狠狠落地，溼軟的土壤上有道明顯凹痕，可見落下的力道有多強。

不過肆號很快便像沒事一樣重新站起來，而身上也確實毫髮無傷。他再次發動一波攻擊，假東湛面對肆號使出的任何攻勢都只是游刃有餘地避開，從不正面回擊。

上官申灼從旁看來，假東湛不過像是逗弄圈養的寵物一般，把他們困在鼓掌間耍弄。

「不是說了嗎？別靠我這麼近。」假東湛不耐煩地一把折斷肆號的一隻手臂，那血淋淋的畫面令人震撼，假東湛的臉更一下變得猙獰起來。

「快放開他！」上官申灼怒吼道。

「還給你也無妨。」下個瞬間，假東湛將肆號整個人拋向上官申灼，兩個人雙雙摔倒在地。九世鏡因這記重擊也掉在了地上，碎成片狀。

上官申灼想搶救但來不及，只能看著碎片抖動著想拼湊回去，但周遭沒有其他面九世鏡，無法自己修復。

假東湛走了過來，冷眼一瞥，「哎呀，這不就不能用了嗎？」

就在這時候，其中一塊鏡面的碎片反映出了假東湛的身影。假東湛的身影在鏡面上很快改變了樣子，而後又變成其他人的樣貌。

鏡子正不斷映照出假東湛前世的模樣，上官申灼連忙將目光移去，然後瞥見一個熟悉的身影，頓時有些不敢置信。沒想到會在這裡再次碰到那個人……

上官申灼全身僵硬，腦袋一片空白，然後他抬起頭看向假東湛。剎那間四目相對，他以為自己已經淡忘了，但其實沒有，沉默片刻後再也無法抑制怒意，「你是李珣。」

「很驚訝嗎?沒想到我們又見面了，徐生。」

聽到自己前世的名字，上官申灼一時間心情很是複雜，過去的恩怨情仇再度浮上心頭，「為什麼你會在這裡！」

「我是罪人所以下地獄，應該沒錯吧。」李珣笑著說道。

但這詭異的笑臉看在上官申灼眼裡實在刺眼，「為什麼是你！」

李珣狀似不解地偏過頭，「我就是我，我的存在跟你希不希望無關喔。」

上官申灼憤恨得咬牙切齒，為什麼會是他？眼前的人雖然跟東湛是不同魂格，但本質上還是同個人。他的搭檔竟然既是他的恩人，同時也是仇人嗎？

上官申灼看上去極其狼狽，打擊過大，表情恍惚。

李珣進而嘲諷，「前世的你可不是這個樣子啊，徐生。那時候你不是還嚷嚷著說要殺了我嗎？你現在說不定可以完成前世的夙願，應該感到欣慰才是。」

「閉嘴！」上官申灼艱難地開口，他壓抑著那股在內心積壓已久卻無處可去的怒火，雙眼布滿血絲，「你沒資格叫我前世的名字，我不是徐生，不再是那個人！

「不過有件事，你說得沒錯。」

「嗯？」

「我會在這裡殺了你，但不是以徐生之名，而是我上官申灼。」

李珣呵呵笑了起來，彷彿早已預料到他的回答，「真有骨氣啊，未免太天真了。」

「我沒興趣說大話，只是在預告接下來的結果。」

「喔？」李珣危險地瞇起眼。

此時肆號喘了一口氣動了，上官申灼見狀立即扶起他。

「現在你不再是一個人了。」即便少了一隻手，仍澆熄不了肆號再次作戰的決心，他虛弱地向上官申灼笑了笑，這是肆號露出的第一個微笑。

在看到肆號笑容的這一刻，上官申灼想通了。他不想輕易讓那抹難得的笑容消失，不管他究竟是徐生也好、上官申灼也罷，都不該再任過去的心魔擺布，他該做的就是和肆號一起打倒眼前的敵人。

他不需要確認敵人的前世來證明什麼，他垂眸望了一眼手中的鏡面碎片，想將之拋開。就在此時，他赫然發現九世鏡依然在運作，影像還在不停跳躍著，九世的九個不同外貌反覆閃動著，像是書頁般一頁頁翻動，接著停在一個人影，不再出現任何變化。

上官申灼盯著看了許久。原來這才是九世鏡一直想告訴他的事——他要面對的敵人從來就不是李珣，而是他的搭檔東湛。

不論影像如何轉換，最後都會回歸成同一人。上官申灼頓時明白自己早已陷入了重重盲點之中，假東湛貨真價實就是東湛的主魂格，早在東湛與門後的另一個自己相遇時，靈魂就一點一滴開始融合了。肆號當初之所以攻擊東湛，想必也是察覺了這點。

東湛已經不是上官申灼所認識的那個東湛，正逐漸嶄露出真面目。但究竟是從何時開始的呢？那個和自己搭檔的東湛，一向想說什麼就說什麼、真誠待人卻又極度自戀，他難以想像對方始終在演戲。

上官申灼越漸混亂。東湛到底是誰？究竟誰才是他原本認識的那個東湛？還是說，打從一開始那個東湛就不曾存在？

他已經越來越分辨不清了，明明離真相只剩一步之遙，殘酷的事實卻又將他狠狠一把推開。

めんじゅう　ふくはい

陽奉陰違

第八章

歸魂

MENJUUFUKUHAI

東湛騎在檮杌的背上，這宛如老虎般的厚實背脊坐起來特別安穩。檮杌邁著矯健的步伐，彷彿踩在天梯軌道上於半空中前行。雖然是在好幾十公尺的高空，卻沒有任何氣流，風平浪靜得宛如身在地面。他一面欣賞著美景，思緒卻忽然回到從前，想起了兒時的回憶。

那是在他很小的時候，有個住在橋下的老爺爺，明明是靠拾荒維生，卻總是不吝花錢買些貓食，餵養附近的野貓。東湛只要有空，就會去找那位爺爺，他們可以說是彼此唯一的知心好友。

某一天不知為何，他們談到了前世今生的話題。爺爺問東湛：「你知道前世是什麼嗎？」

「不知道。」東湛搖了搖頭。那時他還只是個年幼的孩子，哪會懂得那麼多。

「每個人都有前世，靈魂是永不會消逝的，它會不斷進入輪迴、努力找到歸處。」

「那我為什麼沒有前世的記憶？」

「儘管你的靈魂在每一世受到磨練，並且深深地烙印在靈魂深處，但唯有記憶是不會傳承的。靈魂在每一世都是一張白紙，才可以記錄那一世的事情。」

「這樣的話，不是很寂寞嗎？」

「嗯？」

「靈魂會拚命地記錄發生的事情，但只要到下一世那些記憶都就會消失，然後又重來，那之前的努力不就一點意義都沒有了嗎？」

「不會沒有意義喔。靈魂本身就是沒有意義的存在，是人們賦予了它意義。即便缺少了記憶，只要你賦予了靈魂存在的價值，那就是有意義的。」

「嗯。」東湛似懂非懂，還是點了點頭，「不知道爺爺前世是怎樣的人，不過既然那些記憶都沒了，爺爺也不會知道的吧。」

爺爺只是和藹地笑了笑，「我的確不知道，不過你不一樣喔。」

「我嗎？」

「是啊，」爺爺接著說下去，「但現在的你還算是完整的，所以你要負責找到其他缺少的靈魂。」

「這是什麼意思？」

「遲早有一天你會知道真相。」

當時的東湛完全無法理解爺爺的話，他忙著思考時，爺爺又說了：「手伸出來。」

東湛聽話地將白皙的手掌伸了出去，爺爺在他平攤的掌心上放了一塊結晶狀物體。

「好漂亮啊，這是什麼？」結晶的表面閃爍著水晶般的光澤，東湛看得目不轉精，彎起手指想將之包覆，但一眨眼的時間，結晶便像是水蒸氣般消散在空氣中。

「這是魂晶喔，是魂魄的結晶。有了這個你就可以藉由碰觸，感受到他人靈魂的深處，是只有你才有的能力喔，很棒吧。」

東湛小心謹慎地揀選措辭，「為什麼要將這麼珍貴的東西送給我呢？」

「這不是我的東西，應該說本來就是屬於你的，不過歸還給你罷了。」

東湛不清楚爺爺為何要忽然說這些話，但他有預感爺爺快要離他而去了，他趕緊追問：「為什麼爺爺有我的東西呢？」

「有沒有可能，」爺爺彎著衰老的身體蹲了下來與他平視，那一雙眼睛出奇的清澈且明亮，「或許我們上輩子就認識了呢。」

「可是爺爺不是沒有前世的記憶嗎？」

「雖然沒有記憶，但感覺是不會騙人的，那種似曾相識的感覺是烙印在靈魂上、最深刻的記憶。」

「最深刻的記憶？」

「或許在某一世我曾經是你欠缺的靈魂的一部分，所以這一世我才會出現在你身邊。」

東湛張著嘴，一時間不知該說什麼才好。他不知道自己跟爺爺在前世是怎麼樣的關係，但他知道眼前這個人對他很重要，一直都是如此，這一世也一樣一直守護著他。

過幾天爺爺離開了，永遠地離他而去。

那時他第一次感受到哀慟，埋怨自己的無能為力。爺爺被一群無關緊要的人傷害，一條寶貴的生命沒有特別的理由就這麼逝去了，原來人類是那麼可悲的生物啊。

回憶到此結束，爺爺的臉仍在東湛的腦海裡揮之不去。那一雙過於明亮的雙眸，竟讓他想起了肆號，他也有著同樣的眼神。如果他猜得沒錯的話，另一個自己早在很久之前就一直在旁邊默默守護著他。

東湛感覺到身下的檮杌漸漸放緩速度，高度也下降了。從檮杌的背上往下看，這附近有一整片森林，還有果園和湖泊，整體氛圍看起來寧靜，又透出一種神祕的氣息。

然後他看到了此行的目的地——孟婆庄。沒看錯的話，那是一座外觀有如城堡般高級的度假別墅。

轉瞬間檮杌已經將東湛安全送到城堡的大門口，東湛驚訝於眼前建築物的宏偉。在他原本的想像中，孟婆庄是個有如農莊般的地方，然而在現實面前任何想像都是多餘的。

「要進去嗎？」東湛問檮杌，檮杌只是沉默地點頭。

他深吸了一口氣，覺得有些忐忑，抬手敲了敲城堡的大門。然而不但無人應門，甚至沒有傳出任何聲響，一片靜悄悄。正當他打算再敲門的時候，門竟然無聲向後敞開了。

東湛有些猶疑，檮杌在後面用頭頂了頂，推了他一把。跨出第一步之後接下來的步伐就自然多了，他跟檮杌進到一個類似大廳的開放空間。

天花板懸掛著巨大的水晶燈飾，無論是家具還是壁紙看起來都價值不斐，看來孟婆在這裡過著相當舒適的退休生活。東湛四處轉了一圈，就是沒看到人。

「有人在嗎？」東湛叫了好幾聲都沒得到回應，突然有什麼點了點他的肩。他驚訝地轉過身，撞入眼簾的是一位相貌堂堂的男子，歲數看上去不會比他大多少。

「你是誰啊？」

「這不是我該問的問題嗎？擅闖別人家的可不是我啊。」男子挑了挑眉。

東湛連忙道歉並趕緊說明來意，「抱歉，但我有很重要的事情要找孟婆，她老人家在嗎？」

「哎呀，是檮杌耶。」沒想到男人根本沒在聽，注意力都放到了一旁的遠古凶獸上，「即便是我也難得窺見檮杌的真面目，真是稀客啊。」儘管檮杌一臉並不想理睬對方的樣子。

「那個，你有在聽嗎……」東湛弱弱地出聲，將自己的目的又講述一遍，希望對方讓他見孟婆本人。

男子卻只是表示，「孟婆不在這裡。」

「那孟婆在哪裡呢？」

「應該說她人的確在宅邸裡，但想見孟婆的話，就要靠你自己的本事了。」

「啥？」對方如此不負責任的說詞，讓東湛聽得一頭霧水。

「我叫孟良，是專門服侍孟婆起居的人，請多指教。」孟良簡短地說明，「孟婆喜歡玩捉迷藏，說不定就是料到你們會來，所以才躲了起來。就連我有時候都不知道她會何時出現在何處。」

東湛頓時不知道該說什麼才好。

「你還不去找孟婆嗎？再不快點的話，她老人家可能又要轉移藏身處囉。」

東湛很不情願，但眼下也沒別的辦法，只好配合對方尋找孟婆的下落，「那就麻煩孟良先生帶路了。」

「你在說什麼啊？捉迷藏當然得由東湛先生獨力完成才行啊。」孟良看起來不打算隨東湛前去，在眨眼的瞬間就沒了蹤影。

東湛來不及問清細節，不過還有更令他在意的事，明明他沒有報上姓名，可是看對方的態度似乎早就預料他的來訪。

「你會幫我對不對？」東湛只能將希望寄託在檮杌身上。但是檮杌仍然一臉淡漠，甚至趴在地上休憩，甩頭搔癢，牠的態度很明顯就是要東湛自己看著辦。

可惡！連檮杌也這樣，東湛雖無奈也別無他法，只好開始在這棟宅邸尋找孟婆。

他出了大廳之後，順著向上延伸的樓梯上樓。建築內部空間很寬敞，而且孟婆很有品味，家具跟擺飾都是採暖色調為主的歐式宮廷風格，整體氛圍看起來典雅，即便是俗人只要置入其中都自然變得高雅許多。

然而這只是開端，東湛上到二樓發現一整排房間。有錢人就喜歡在這種地方彰顯自己的財富實力，例如房間絕對要比別人多。傻眼歸傻眼，他還是勤奮地一間間打開房門依序確認。

接著東湛碰到一間奇異的房間，才剛打開門就能聞到泥土特有的味道。他走了進去，腳踩的是真實的泥土地，耳邊環繞著鳥兒的啁啾聲，還能聽見遠處隱約傳來的小溪流水聲。

這間房間給人很不真實的感覺，明明外面只是一般的豪宅別墅，誰能想得到裡面別有洞天，彷彿真的置身在大自然裡。

在這樣的鳥語花香中擺了張床，還有其他寢具跟家具，看得出來的確是某人的房間。東湛看到床頭擺了幾幅相框，相框裡的照片有男有女，年齡也不一，剛剛見過的孟良也在裡頭，或許孟婆就在這些人之中。

「找到了嗎？」忽然有人附在東湛耳邊輕聲說話。

東湛嚇了一大跳，連忙倒退數步，「孟良先生，你怎麼會在這裡！」

「我住在這裡，不在這裡那應該在哪呢？」孟良覺得東湛的反應實在有些逗趣，好笑地反問他。

「這裡是孟婆的房間嗎？」

「是，也可以不是。」孟良說：「這裡是孟婆庄，是孟婆的居所，她老人家想住哪間房就住哪間。」

——這裡的人是不是都過得太隨心所欲了？不愧是孟氏一族。東湛忍不住心想。

「你是不是想說什麼？」

「沒有，反正你也不會給我提示吧？我還是趕快……」

「有何不可呢。」孟良的回答卻出人意料。

「咦？真的嗎，你願意給我提示嗎？」東湛很是詫異。

「找完上面的話，找找下面吧。」孟良只是扔出一句匪夷所思的話，然後又消失了。

「這人真的是神出鬼沒耶……」東湛一面暗自抱怨，還是趕快轉移陣地，回到大廳。

他開始在一樓進行地毯式搜索，而檮杌依然在原地趴著閉目養神。接著東湛忽然發現角落有一道向下延伸的樓梯，「孟良先生說的下面指的就是這裡吧。」

東湛決定下樓去看看，但地下室看起來只是座酒窖，什麼都沒有。懷抱著失望的情緒，他再度回到大廳，癱在沙發椅上，一步都不想動了。不過說來也奇怪，孟婆庄怎麼除了孟良先生，就沒有其他僕人……

盯著天花板看了許久，一個可能性逐漸在東湛的腦海中浮現。這時候孟良又出現了，他彎腰看著東湛，「不繼續找了嗎？」

「不找了！」東湛篤定地說道。如果他沒猜錯的話……

「這樣就輕易放棄了？孟婆可不喜歡半途而廢的人。」

「我已經知道孟婆在哪裡了，何必再繼續找呢。」

「嗯？」孟良好整以暇地望著他，「說謊是不好的行為，別想騙我。」

「你就是孟婆對吧？」

「為何這麼說？」

「你不是說這裡是孟婆的居所，她老人家想去哪就去哪嗎？這座宅邸除了你我沒有其他人的身影，如此一來除了你是孟婆，我也想不出其他答案了。」

「還有呢？」

東湛頓了會，偏頭想了想，「房間裡的照片讓我想到，如果孟婆不是女性呢？這樣推敲下來，你是孟婆的可能性又更大了。」

「好吧，你說得沒錯，我是孟婆，」孟良點點頭大方坦承，「但有一點你錯了，我既可能是男性，也有可能是女性。」孟良語畢搖身一變，成了綁著雙馬尾的可愛小女孩，說話的聲音也變得稚氣許多。

「這……」宛如變魔術的場面讓東湛看得眼睛都瞪直了。

「我向來不喜歡受到性別拘束。」接著小女孩又變成一位婀娜多姿，上圍有些豐滿的女性。

儘管體態和曲線都散發出一種性感嫵媚的氛圍，容貌也極為出眾，但東湛倒是起了一身雞皮疙瘩。畢竟這樣隨心所欲地變換各種樣貌、甚至改變性別，在他看來實在是太驚悚了，「妳還是變回我認識的那位孟良好了。」

「這樣子你不喜歡嗎？」那位性感女子刻意將身體貼了過來，「我以為男人都吃這套。」

「妳還是變回孟良，我比較自在一些……」

「好吧，我是沒什麼差啦。」幾秒過後，東湛熟悉的孟良再度出現在眼前，孟良眼神微妙地看向他，「你該不會是有龍陽之癖吧？」

「才沒有！」東湛想都沒想便大聲駁斥。

「放心，我不是那麼保守的人。雖然也沒有開放到什麼都能接受，但會尊重你的性向。」孟良越說越歪。

東湛不免愣住，才正想抗議回去，對方又說話了：「你不是想要孟婆湯嗎？」

「是的，可否分一點給我？」見對方開門見山，東湛也不囉唆，直接了當地提出要求。

「孟婆湯必須熬煮數百年才能淬取而成，你運氣很好，算算時間，應該數個時辰後就有現成的孟婆湯了。」孟良說道。

「我願意等。」只要幾個時辰還來得及趕回去，何況還有檮杌助一臂之力。

「你應該沒單純到以為我會把如此珍貴的孟婆湯白白送人吧？」

東湛還真沒想過這個可能，「難道不是嗎？」

「換作是你，會讓辛勤工作的成果被人隨便拿走嗎？」

東湛思忖了會，「不會。」

沒想到東湛如此坦承，這讓孟良頓時對他多了幾分好感，「如果你完成我的要求，我就將孟婆湯贈與你，如何？」

「又是試煉嗎……你希望我做什麼？」東湛聞言臉都垮了下來，他在陰間不知經歷多少次考驗，每每都與危機擦肩而過，希望這次不會難倒他才好。

「只是簡單的小事，你用不著臉色那麼凝重，有時候遊戲規則簡單一點才好玩。」見到東湛如臨大敵的模樣，孟良忍俊不禁笑了出來。

「剛剛是捉迷藏，這次是一二三木頭人，或是跳格子嗎？」這些小孩子玩的遊戲即便不拿手也難不到哪去吧，或許這次能順利把孟婆湯拿到手！

彷彿察覺到東湛的心聲，孟良提出了要求，「做一道合我胃口的料理。」

「就這樣？」聽起來不難但得知道對方的喜好，東湛問：「你喜歡吃什麼？」

「這我當然不能告訴你，而且要提醒你，我可是相當挑食的。天上飛的、地上跑的，水裡游的我都不吃。」

「這麼說起來你吃素？」

「不，一定要有肉才行。」孟良回答，「你可以使用我的廚房，但食材可要自己想辦法。」

你乾脆吃空氣算了！所謂的要求果然沒有那麼簡單。

「越快完成就能越早拿到，不過如果料理不合我的胃口，你也別想拿到孟婆湯。」

眼見對方不像是在開玩笑的樣子，東湛連忙哀求對方將條件放寬一些，「我怎麼知道你的喜好是什麼，不能稍微透露一點嗎？」

「別想討價還價。」孟良口氣很強硬，絲毫沒有轉圜的餘地，只是平淡地丟下一句「祝你好運」隨即又沒了蹤影。

東湛目瞪口呆地盯著剛才孟良消失的地方，果不其然孟氏一族都是同個調調，這叫上梁不正下梁歪嗎？

他回過神來第一件事就是跑去把檮杌叫起來，他現在已經沒那麼懼怕檮杌了，也明白牠不過是面惡心善的傢伙，雖然臉真的可怕。

他們一同來到屋外，東湛能想到的唯一法子就是野外就地取材了，「你有什麼好點子嗎？」東湛才轉頭想參考檮杌的意見，卻發現檮杌不見了。

他連忙尋找凶獸的身影，才發現牠在不遠處用腳刨土，舉止簡直像隻狗，「檮杌……你在幹嘛啊？」

檮杌沒有搭理身後的東湛，只是埋頭刨土。起初東湛以為牠只是在挖土而已，隨著越挖越深，土壤被翻動，挖出來的坑逐漸有點規模時，有個東西就這麼出現在他們面前，東湛目不轉睛地看著。

如果有這東西的話……不是天上飛的，也不是地上跑的，更非水裡游的。

孟良說一定要有肉，但沒說一定要有肉的成分，這東西吃起來就像肉，東湛曾經在高檔餐廳嘗過，或許用這個可以過關！他知道該怎麼做了。

「太棒了，這就是你想要給我看的嗎？」東湛欣喜若狂地說道，一掃先前的陰霾，「能不能再多找一些，相信你肯定辦得到的！」

檮杌只是一臉冷淡地瞥向東湛，然後繼續在別的地方重複之前挖土的動作。

東湛的臉上堆滿了笑容，他們很快收集好食材回到大廳，東湛連忙進廚房開始張羅。

他繫上圍裙，仔細清洗食材，轉開爐火熱鍋，再淋上油，將食材切片大火翻炒，很快香味便飄了出來。他熟練地拿著鍋鏟，認真地注意每一個步驟。

「沒想到你還會下廚？」孟良不知何時現身在鍋爐旁探頭張望，「聞起來還挺香的。」

「作為一個獨立自主的成年人，下廚做飯是基本功吧。」東湛雖是這樣說，但他其實會的料理並不多。起初是為了節省伙食費，後來事業上軌道有人氣之後，偶爾還是會興致一來當個煮夫。

他迅速完成了料理裝盤，再加點花瓣點綴就大功告成了。

「完成了嗎？」孟良看了看成品，沒什麼興趣的樣子。

「你要在這邊吃嗎？」東湛有些緊張，雖然他看起來自信滿滿，但這道料理還是頭一次做，連自己都還沒試吃呢。

「到大廳吧，我喜歡在餐桌上慢慢享用。」孟良把盤子接過，拿起餐具坐在桌邊慢慢享用，咀嚼的過程中一語不發。東湛只能默默地盯著看，眼睛都不敢眨一下。

「怎麼樣？」東湛迫不急待地想知道結果，但直到盤子都要見底了，孟良依然什麼話都沒說。

東湛覺得自己沒希望了，「是不是不合你的口味？」

「我覺得挺好吃的，我喜歡。」

「喔好，我知道了……咦咦咦？」東湛深怕是聽錯了，「你剛剛說什麼？」

「我說很好吃，我喜歡。」孟良果真再重複一遍。

「那麼孟婆湯……」

「別急，是你的就不會跑掉。」孟良用餐完畢，拿起一旁的紙巾優雅地擦拭嘴角，「我看你只是普通的煎炒，而且食材看起來不像是肉卻有肉味，這是什麼？」

「是一種叫牛舌菌的菇類。」

「牛舌菌？」

這種菇也是東湛之前偶然吃過得知的，「因為口感厚實滑嫩得像在吃牛肉，也稱為牛排菇。」

「因為吃起來像在吃牛排，所以也稱為牛排菇是嗎？有意思。」孟良的興致總算被提起，「這種菇你是在哪裡找到的？」

「這種菇在您的宅邸附近就有生長，走沒幾步就能看到它的蹤影。」這種菇類適合生長在寒溫帶及亞熱帶地區，可是孟婆庄附近不但大量生長，其他菇類也一應俱全，彷彿在這裡的植物絲毫不受環境氣候影響。

像是一眼洞悉東湛的困惑，孟良只說：「這裡可是陰間，什麼都有可能發生，別在意。」

「那孟婆湯……？」東湛眼下只在乎這個。

「喔，當然會給你啊，但是……」孟良將空盤遞了過去，露齒微笑，「再來一盤吧，大廚。」

「想吃不會自己煮喔，還有誰是你家廚師啊！」

孟氏一族是不是只會坑人啊！

「你究竟是誰？」

「不是說了嗎，我是東湛。」

上官申灼頓時啞口無言，這不是他想聽到的答案，但他也不確定真正的解答是什麼。

「你認識的東湛一直以來都是我啊，從跟另一個我接觸開始，我就一點一滴搶回了原本的我，現在只剩下肆號了。等到吃掉最後一個我，這世界就只會有一個東湛。

「你是不是還想問肆號感應到的我是誰？該怎麼解釋呢。」假東湛抓了抓頭，「那個雖然也是我，但只是殘存的魂影，是我僅存的良知，不能算是真正的我。現在的我不需要那種東西，所以就任由他在外面遊蕩啦。」

「原來你一直都在欺騙我嗎？就連進入我前世時也通通都是虛假的謊言嗎？」

「雖然不太明白你在說什麼，你認為是就是吧。」假東湛沒聽懂昔日搭檔的話，但顯然他也不是很在意。

上官申灼無力地垂下頭，指節用力握緊直到泛白，抑制不住地顫抖著。

「你在哭嗎？」假東湛好奇地望著上官申灼。

「你這個噁心的傢伙！」上官申灼聲嘶力竭地怒吼，鮮有波動的臉上露出厭惡的表情。

「這樣就生氣啦，我可是不會對你手下留情的。」假東湛的眼神毫無波瀾。

「不要中計了！」肆號試圖讓上官申灼冷靜下來，但他已經氣瘋了，讓怒氣恣意支配自己，一把把肆號推開。

上官申灼怒吼一聲，對假東湛發動攻擊，他將刀刃刺向敵人要害，結果被假東湛輕盈閃過，同時還得擋下對方的還擊。

假東湛沒有武器加身，僅用赤手空拳也不見絲毫畏懼之意，每當刀尖殺到眼前，總能以兩指接下，輕鬆將上官申灼凌厲的攻勢化解。同時，只要上官申灼露出一點空隙，他便會趁勝追擊。

上官申灼接連被擊中腰側、腹部、後背等難以防禦的地方，他決定改用遠攻。他將雙方之間的距離拉開幾十公尺，每當假東湛上前，他就一面後退一面凝聚劍氣，用操作自如、宛如繩索般的劍氣，準確擊中敵手。

這樣一來一往之下，兩人身上都多了些傷口。

「我果然太小看你了。」假東湛忽然停止動作，然後拍了拍手，身後頓時出現幾隻巨大化的變異餓鬼，「就讓它們替我對付你吧。」

「什麼——」上官申灼馬上就迎來新的敵人，他趕緊重整態勢迎戰。

假東湛直接走過上官申灼身邊，冷冷地說：「不是說了嗎?我的目的是要吃掉另一個我。」

假東湛走到肆號面前，表情看不出任何情緒，肆號一動也不動地迎上他的視線。

「準備好要被我吃掉了嗎？」假東湛伸出雙手捧住肆號的頭，將他拉向自己。

肆號只是乾脆地任其擺布，假東湛猙獰地張大了嘴湊上前去，正準備一口咬下時突然發現了不對勁，「你不是肆號！」

「現在才發現是不是太遲了啊？」擁有主體良知、現在只是抹殘影的東湛，咧開嘴朝著他促狹地笑了笑。

「你是什麼時候——」

約莫幾分鐘前，取得孟婆湯卻只剩下殘影的東湛終於趕到。雖然沒了能力，但他仍能感受到假東湛的存在，趕緊拜託檮杌帶他來到此地。

當時上官申灼正在跟另一個他惡鬥，他必須得趕緊想辦法解救搭檔。於是他靈機一動，打算在肆號即將被吞食掉的那一刻，趁機撒上孟婆湯，讓假東湛所有的一切，包含前世都歸於無。

他趁假東湛無暇注意時和肆號交換了身分，換上肆號衣服的他看起來就跟真正的肆號幾乎一模一樣，畢竟他們本來就是同一個人。三個性格迥異的他，總算要在這一刻重新來過。

「該死的！」假東湛頓時被逼急了。他不需要這個殘影東湛，甚至可以說是多餘的，他想要了結東湛，然而觸及到的卻是如同海市蜃樓的幻影，現在另一個他不過是道殘影，任何攻擊都無法造成傷害。

「想殺掉我嗎？所以我才說，是不是太遲了啊。」

「給我閉嘴！」

「我現在只是殘影……但不代表不能攻擊你。」說時遲那時快，東湛將手中的孟婆湯潑灑出去。

假東湛首當其衝被淋得全身都是，但眼神不再憤怒怨恨，儘管盡全力維持意識，還是不堪藥效逐漸茫然渙散，而後癱軟倒地。假東湛開始忘記了，忘記自己是誰，忘記那個曾經被困在地獄的自己。

與此同時，東湛猛然聽到天空有人在呼喊自己的名字，那聲音如此熟悉，他一時卻想不起來。直到倒在地上的假東湛身影開始變得通透，他頓時領悟過來自己不能再待在陰間了，剛才那聲音是有人在醫院呼喚著即將甦醒的他。

「肆號，我們成功了！」東湛連忙回過頭尋找肆號的身影，卻只來得及瞥見肆號消失前最後的身影，他也離開了。眼前的另一個自己過不了多久也要消失了，再來就換他——

變異的餓鬼失去假東湛的控制，頓時群龍無首慌張失措，逃難般如潮水散去，沒來得及脫逃的則被刑務警備隊隊員們一舉殲滅。

上官申灼一臉鐵青地走向東湛，「你是我認識的那個東湛嗎？」

「對不起。」東湛只能把握跟搭檔相處的最後時光，「我知道現在說什麼你都不會再相信我了，但請務必相信我永遠不會傷害你。」

「這是最後一次，我可以相信你嗎？」

東湛硬擠出笑容，「那是當然的囉，我們可是搭檔。如果可以選擇的話，我真的不想忘記你……」

他用盡最後一絲氣力頹然倒地，已經快要連輪廓都不成形了，他努力地抬頭仰望上官申灼。

「為什麼會這樣……」上官申灼趕緊扶著虛弱的東湛，但他的手只是穿過失去實體的殘影。

「孟婆湯開始發揮效用了……」

「好不容易終於又見到你了，又要丟下我一個人了嗎？」上官申灼不禁心急起來。

「你不是一個人，我們不是搭檔嗎？」

「但你很快就會忘記這裡的一切。」上官申灼知道這是沒辦法的事，再怎麼心痛也只能放手。

「上官申灼，我很開心能夠認識你……雖然這次你可能要等我幾十年的時間，但到那時候我會回來找你的。」

「你還是忘了我，忘了這裡的一切吧。」上官申灼單膝跪地，垂眸望著搭檔僅剩的一縷殘影，懊悔地流下兩行清淚。

「上官申灼……」東湛是第一次看到上官申灼如此失態，「不是說要永遠當我的搭檔嗎，你想毀約？」

「永遠也太久了吧……」上官申灼似笑非笑，面露不捨，表情複雜。

「我有預感，有一天一定……」東湛笑得開懷，伸手想觸摸上官申灼，想當然爾什麼都碰不到，「會再見面的……」

說完這句話之後，東湛就連最後一抹影子都不復存在，彷彿自始至終什麼都沒發生過一般。

「如果我們能更早相遇就好了。」上官申灼失神地喃喃自語。若還有那一個瞬間，他會排除萬難只為了守護東湛，就像東湛在前世曾為他做的那樣。

映入眼簾的是潔白的天花板，以及接連而來、醫院特有的消毒水氣味。東湛轉動脖子環顧四周的醫療器具，徹底瞭解自己進了醫院的事實。

東湛摸了摸頭，感覺腦袋昏沉沉的，像是做了一場記不清楚的夢。他在夢裡跟某人創造了很多驚險刺激的回憶，但卻一片朦朧。

「我的大明星啊你終於醒了！我馬上去叫醫生過來。」待在床邊的是滿臉憂愁的經紀人，短短一陣子不見，他看起來似乎又老了幾歲。

東湛愣了一下，看著自家經紀人說了聲：「謝謝，這段時間辛苦了。」這簡單的一句道謝把經紀人嚇了好一大跳，這大明星竟然突然懂得感謝他人，而不是一貫的我行我素。他不禁納悶地心想，莫非是這場意外撞壞腦子了，不然怎麼可能跟之前判若兩人……

東湛覺得自己比以前感覺更好，好像現在的他才是完整的，有了很多以前不曾有過的感受，他甚至想不起來以前的自己是個怎樣的人。

甦醒過來的大明星東湛迅速占據各家媒體的版面，復健療養期間他也接受了記者採訪。不出一個月，他已經帶著高人氣重新出現在螢光幕前，生活逐漸回到正常軌道。

而且現在的東湛不再擺架子，和善客氣又有禮貌，工作人員對他一片好評，就連之前不曾合作過的廠商也紛紛都找上門，原本搖搖欲墜的人氣水漲船高。

但是這樣的東湛卻有一個小小的困擾，他總在不正確的時間地點，看到其他人看不見的東西。

「你有看到牆角的那個東西嗎？」每次撞見那東西時它的樣貌都不同，也不像是生物。

「那裡什麼都沒有啊？」經紀人的回答總是一遍又一遍地證明只有他才看得見的事實。

自從在醫院醒來後，東湛變得能看見那些東西了。一開始他只是揉揉眼睛，認為是看錯了，隨著這樣的情況越來越頻繁，他也不得不面對現實——他竟然看到鬼了。不過奇妙的是，他雖然困惑卻不畏懼，甚至感覺類似的東西看過不只上百遍。

今天是東湛擔綱主演的舞臺劇彩排，他跟經紀人協調將其他工作延後，提早在凌晨時分自己待在劇場練習。

劇場裡只有他一個人，除了開著的幾盞燈，周圍都是一片黑，彷彿連光線都驅不走那濃重的黑暗，頓時橫生詭譎氣氛。但東湛只是翻開劇本，開始揣摩角色。

這時候有一盞燈突然熄了，舞臺頓時變得更加灰暗。東湛抬頭一看發現燈壞了，他很鎮定地想去找變電箱，看看能否讓電源恢復運作。

就在他起身時，有個龐然大物擋在了面前。之前那些鬼雖然會出現在他的視線範圍，卻從不會傷害他，他一如既往地打算繞開，沒想到這隻鬼卻突然朝他揮拳。

東湛嚇了一跳，他竟然可以感受到那股拳風的力道，對方可以碰觸到自己……

他一下子慌了，腳像是生了根般在原地僵住動彈不得，只能眼睜睜看著鬼猛然躍起撲向他。他緊張地閉緊雙眼，然而什麼事情都沒發生。

他困惑地再度張開眼，從眼角餘光看到一綹髮絲從面前飄過，只見一名男子持刀斬殺了鬼。眼見對方收刀就要離去，東湛的身體趕在腦子前，彷彿反射動作般上前拉住了男子的手。

對方一臉驚訝地回過頭來，一看到他的臉，東湛便覺得非常熟悉。儘管想不起跟眼前這個人的回憶，他卻下意識喊出對方的名字——

「上官申灼。」

這瞬間，像是解開了心中的那一道鎖，他想起來了。關於那個男子，還有他們所經歷過的種種，以及他曾經是誰……

——《陽奉陰違04》完

めんじゅう　ふくはい

陽奉陰違

番外

後日談

MENJUUFUKUHAI

時針才剛指到五，早晨的陽光都還未完全驅散霧氣，東湛就已經起床盥洗，大明星的一天就從此刻開始。他的行程已經排到好幾個月後了，今天不但要到公司開會，還要洽談一部導演特別指名他主演的電影，屆時說不定會攀上事業的新高峰。

東湛一派輕鬆地刷著牙，用清水洗去昨夜的疲累，很快的，煥然一新的東湛便出現在眼前。他習慣性地用手擦拭鏡面上的水氣，然而鏡子反射出來的景像，除了他還有另一個男子。

「東湛。」

「上、上官申灼，你怎麼會出現在這裡！」東湛嚇了一大跳，立刻回過頭。

名為上官申灼的男子仍然穿著那套標準的刑務警備隊制服，硬挺的布料襯托出他修長的身形，「你忘記答應過我什麼了嗎？」

「呃，這個……」不得不說，他還真的忘記了。沒辦法嘛，他一天二十四小時都不夠用，需要記的事情那麼多。

「我會來到陽世，是因為這次的任務必須請你協助。」

自從上次和上官申灼偶然再會後，東湛又再度回歸成為陰間刑務警備隊的一員。只是現在身為斜槓青年的他，不只是陰間的工作，還有陽世的演藝事業也讓他忙得焦頭爛額。

一切得由上星期那場意外說起……

那一天，獨自在劇場排練舞臺劇的東湛，碰巧被餓鬼纏上遭到攻擊，而上官申灼出面替他解圍。東湛幾乎是下意識地喊出了對方的名字。

其實那段失去的記憶還是很模糊，像是一場夢，他並沒有完全想起對方。

「上官申灼。」

上官申灼迅速抽回手，一如他俐落的身手，「你看得到我？」

「我當然看得到你啊……」東湛感到納悶，隨後腦袋竄出的想法頓時讓他驚慌失措，「等等，難不成你也是那種東西！」

而且不只看得見，甚至也摸得到。他還來不及追問，對方又說話了。

「原來你沒有想起來啊……」上官申灼看起來有些失望的樣子。

看到對方的模樣，東湛的心竟然隱隱抽痛了起來，甚至摸不清這份感受從何而來。

「你是不是知道些什麼？」這麼問很奇怪，自己的事情不該是自己最清楚瞭解嗎？但他卻迫不急待地想知道眼前男子的答覆。

然而上官申灼只是淡淡地說：「我們本就不是同一個世界的人，你好好待在這裡就足夠了。」

「我說你啊！」東湛有些不滿地怒斥：「從剛剛開始就一直在自說自話，你有問過我的意見了嗎？」

上官申灼嘆了口氣，「……我走了。」

「等等，我還能再見到你嗎？」東湛未思慮周全就上前拉住對方，直到上官申灼回過頭來盯著他，他才一臉困窘地刮刮臉頰。不知為何，他很期待再次見到對方。

「不需要。」可惜上官申灼並不領情，轉眼間就從他眼前消失無蹤。

東湛愣住了，久久才回神過來喃喃自語：「他真的不是人啊……」

東湛原以為事情過去了就不會再想起這個人，但他錯得離譜，即便身上壓著龐大的工作，他還是無時無刻會想到上官申灼，遠比自己以為的還要惦記。不會是對那人一見鍾情了吧？然而腦袋卻又有個聲音告訴他不是這樣的。

就這樣一晃眼一個禮拜過去了，上官申灼竟主動出現在他面前，好像先前就來過這裡一樣。

「你違背了你的原則。」東湛打趣地說道，能夠再次見到他真好。

「……我來是有事要拜託你。」

「什麼事？」

上官申灼掏出張紙，上面以工整的字跡寫了一個地址，東湛一眼就能認出那是檀的字，馬上興沖沖地分享自己的發現，「這是檀寫的吧？」

「你連檀都記得嗎？」上官申灼的表情瞬間變得微妙，「你還想起了什麼？」

東湛一五一十地全都坦承了。他大致上都想起來了，包括墨氏兄弟、檀跟茜草這兩對搭檔，但唯獨最重要的部分——他跟上官申灼之間的事卻總是很模糊，明明那是他最為珍貴、最不想遺忘的片段。

「上官申灼，你要去這裡嗎？」不過東湛對這個地址有印象，似乎曾經在經紀人嘴裡聽過，還不只提起一次，但偏偏沒記牢前因後果。

「據我們陽世協力者的觀測，這裡的氣場異常混濁，可能有雜靈出沒。」

「只是雜靈的話還好吧。」東湛隨後又發問：「陽世的協力者是什麼？你們在陽世也有單位嗎？」

「所謂的協力者就是像你一樣，因為特殊體質能與陰間建立某種聯繫管道的人。」上官申灼回道：「該處宅邸雜靈數量極多，若是上升成怨靈就麻煩了，我這趟的任務就是要將他們引渡回陰間。」

「宅邸？那是某人居住的地方嗎？」

「報告書上寫那裡現在無人居住，但……」上官申灼頓了頓，遲遲沒把話說完。

「既然知道得這麼詳細，直接過去不就好了？」

「事實上，我曾經到當地探查過。但宅邸的門梁被貼上避邪的符咒，我無法進去屋裡，因此需要你的幫助。」

東湛總算明白了上官申灼的目的，但還沒來得及回話，突然響起的手機鈴聲拉走了他的注意力。電話那頭是經紀人的聲音，催促他保母車已在外等候。

「所以你可以幫這個忙嗎？」

「為什麼？」東湛反問：「我現在已經不是刑務警備隊的成員了吧。」

上官申灼一時之間答不出話。是啊，他確實沒有權力要求東湛這麼做。

「如果你讓我重新歸隊的話，也不是不能幫這個忙啦。」東湛眸底閃現狡黠的芒光，話鋒一轉，「雖然我已經不是陰間的人了，但可以成為警備隊在陽世最有力的幫手，如何？」

「這……」上官申灼為難地皺起眉，這時他身上的八卦銅鏡對講機響了起來，是總隊長莫槿。

「我聽到你們的對話了，我正式宣布東湛再度回歸警備隊，這樣就沒問題了吧？」隱約還能聽到另一頭傳來小倉鼠的吱吱聲，再配上奧斯陸隊長的一聲：「bravo！」

「……為什麼總隊長會知道。」

「什麼事都別想瞞過我喔，呵呵。」莫槿是個精明幹練的男人，就連切斷通話也是一如既往地乾脆俐落，讓上官申灼連反駁的時間都沒有。

事情很明顯已經拍板定案，東湛在旁聽得一清二楚，不禁沾沾自喜地竊笑。總之事情就是這樣，他輕而易舉地再度成為刑務警備隊第三分隊的一員。

不過眼下還有更為急迫的事情等著處理，他晃了晃手上的手機，「抱歉，我還有工作，其他事等我回來再說吧。」他一直以來都是獨居生活，也沒養寵物，這樣交代他人感覺還頗新鮮。

上官申灼聞言一愣，「等等，你答應我的事呢？」

「我不是說等回來再處理嗎……啊，還是說你要跟著去公司？」東湛靈機一動，忽然有個更好的點子，他真的是太佩服自己的腦袋了。

他絲毫不給上官申灼拒絕的機會，擅自將臉湊了過去，「你有帶靈紙在身上吧？」

望著東湛笑容可掬的模樣，上官申灼認真覺得自己不祥的預感會在下一秒成為現實。果然還是不該和面前這個男子扯上任何關係嗎？

「這是新來的助理，申申，以後請大家多多關照他囉。」東湛一進到公司會議室，就向工作人員們介紹新的貼身助理。上官申灼本人則是滿臉困窘地站在角落，他身上穿著臨時向東湛借來的便服，簡單的襯衫加牛仔褲仍不掩本身的帥氣。

眾人頓時鴉雀無聲，大半的目光都停留在上官申灼身上。他雖然只是個素人，卻無形中散發出一種比藝人還要耀眼的光輝，簡單來說就是難得一見的超級大帥哥。

連經紀人都傻眼了，不過主要的原因還是自家藝人的一番話，他對東湛擺出無言以對的表情，「只是個助理需要你這樣介紹嗎？」

「反正以後你們看到他的機會可能很多，先帶他讓大伙認識一下。」

「他是……你的親戚嗎？」經紀人只能這樣猜測。

「就當作是這樣吧。」東湛只是含糊地帶過，不打算多做解釋。

良久，經紀人才不可思議地說了句：「……你們家真的是基因優良耶。」

上官申灼也被安排了一個座位在東湛旁邊。他稍微傾過身，小聲地問：「申申是什麼？」

「助理都有暱稱啊，不滿意的話自己想一個？」

「……算了。」上官申灼不想再就此事浪費時間，他知道東湛把自己安排在身邊是為了任務，他現在也的確需要東湛的協助。

幾個小時候後，會議終於結束了。上官申灼才準備起身走人，就被公司的員工團團包圍，如同眾星拱月般。大家都相當好奇這個新助理的來歷，話題幾乎都圍繞在「有沒有女朋友」、「喜歡什麼類型的女孩子」，不過最多人問的還是「有沒有考慮當模特兒或是演員？」

這些問題上官申灼半個都答不出來，他壓根沒思考過這些事情。

「我說你們可不可以不要騷擾我的私人助理啊？人家是來工作，不是來接受拷問。」東湛只好出面替上官申灼解圍，員工們縱使還有滿腹疑問，也只能識趣地解散。

上官申灼這才鬆了口氣，「你沒忘記任務的事情吧？在完成任務前我會暫時留在陽世。」

「你剛剛沒在聽會議上的討論嗎？」東湛驚訝地揚起聲調。

「什麼？」上官申灼不明所以地蹙起眉頭，不覺得自己有錯過什麼。

「我們在討論幾天後我主演的電影的一些拍攝細節。」

「這與我有什麼關係？」

「那個地址，正是電影主要取景的地方。」

幾天後電影正式開拍了，上官申灼以私人助理的身分偕同大明星東湛到目的地的深山宅邸。

謠傳這裡曾是某個大地主所有，但自從蓋了這棟豪華宅邸後便時常發生怪事。即便請了法術高強的道士前來查探也無功而返，怪事依舊不斷，甚至鬧出人命。屋主一家不得以，最後只好放棄這座宅邸，像是逃難似地匆匆到國外定居。

數十年過去，宅邸在荒廢許久後終於有人買下，這時剛好電影劇組正在尋找合適的拍攝地點，便如此拍板定案了。

經過一陣舟車勞頓，劇組總算抵達了目的地。東湛爬下車，一臉痛苦地扶著腰，「好痛啊，骨頭都快要散了……。」

然而一旁的上官申灼還是神清氣爽英俊瀟灑的模樣，惹得周圍工作人員紛紛心生愛慕。

上官申灼不愧是敬業的公務員，這幾天交代給他的工作都能馬上上手。有著一張好臉蛋卻不矯揉做作，也不像其他男藝人空有臉蛋為人卻十分輕浮，才短短幾天就擄獲了公司上所有員工的心，沒人不喜歡他。

東湛看在眼裡有些吃味，卻是吃其他人的醋。上官申灼可是他一個人的，這種感覺就像是唯一的好朋友被人搶走般不痛快。

「因為你不是人，才能那麼輕鬆吧。」東湛小聲地抱怨。

周圍只見一片山林，相當偏僻，他們正前方便是那鬼屋般的宅邸。宅邸在外觀上是中式三合院的格局，可以看出無論是梁柱還是窗臺都有著別出心裁的設計，營造出古色古香的氛圍，不難想像花園可能還有假山或是小橋之類的造景。

上官申灼正在跟經紀人交談，劇組工作人員則開始搬動器具準備拍攝。東湛艱難地嚥了口唾沫，他實在很難將視線從梁柱上轉開，因為那裡正掛著一個吊死鬼。

「是不是不太妙啊……」吊死鬼就在大門正前方，但其他人都無動於衷，不停將道具搬進宅邸內，看樣子能夠看到鬼的就只有他了。

經紀人跟上官申灼交談完，正要從吊死鬼底下經過時，上官申灼趕緊要他從別的地方走，經紀人不解地回過頭問：「怎麼了嗎？」

「這裡有鬼。」上官申灼老實說明這裡的現況。

經紀人愣了一下，以為上官申灼是在開玩笑，「真是的，一點都不好玩。」

「我沒有在開玩笑……」

東湛連忙把搭檔拉到一旁，「這麼輕易就把有鬼的事說出來了？」

「此事非同小可，必須盡快讓大家離開這裡。」

「可是大家不會相信的，而且比起鬼，沒工作才是更可怕的事情。」

「現在陽世的人都已經不怕鬼了？」上官申灼的表情若有所思，看來他的觀念該改變了。

「倒也不是。」東湛不知該從何解釋起，「其實還是有不少人深信鬼魂的存在，但不信的人也很多，畢竟現在是網路資訊氾濫的時代啊。」

東湛還想再講些什麼，就被造型師抓去梳化了，獨留上官申灼在原地看著其他人忙進忙出。當他再次抬頭的時候，梁柱上的吊死鬼已經不知所蹤了，彷彿剛剛不過是錯覺。

上官申灼猛然想起忘了請東湛幫忙把門柱上驅邪用的符咒撕掉，有些懊惱地站在門前。他被困在了門外，只能遠遠看著先一步進去梳化的東湛。

東湛這次要演的是古裝戀愛喜劇，既然是戀愛主題當然有女主角，不過飾演女主角的演員至今還沒到場，可能有事耽擱了吧。

東湛看著鏡中自己的古裝扮相，俊秀眉宇間不失一股英氣，令他很是滿意。但東湛還是看不慣這一身打扮，總覺得像是有點滑稽的《倩女幽魂》甯采臣，而且這裡的確也有些奇怪的東西，希望到時候好好的浪漫愛情片不要變成了驚悚片。

就在此時，有工作人員進來打斷化妝師的工作，「女主角失蹤了。」

「什麼意思？」化妝師一頭霧水。

「本來已經在前往這裡的途中，但從剛剛開始電話就打不通，現在是失聯的狀態。」

工作人員面對這突發狀況急得焦頭爛額，連忙拋下東湛緊急調度去了。被留在化妝間的東湛覺得有些無聊，看了看空無一人的門外，「上官申灼跑哪去了？真是的，我可是很努力在工作耶，怎麼可以偷懶呢！」

不管了，我要出去找他。打定主意的東湛，就這麼穿著不方便行動的古裝出發尋找上官申灼，但才一踏出門外就覺得有些不對勁。工作人員全都不見了，明明攝影機等設備器材都還在，唯獨就是沒看到半個人影。

他來到貌似宅邸中庭的地方，那裡有一口井，旁邊還站著一位女性。女性有著飄逸的長髮，身穿豔紅喜氣的古裝長裙，跟自己這身打扮有幾分相似，他趕緊上前攀談，「妳好，我是東湛，請多多指教……」

女人緩緩轉過頭，卻是一張沒有五官的臉。東湛嚇了一跳，恐慌得立刻後退，同時一邊大叫，「啊啊啊啊啊啊！」

逃跑的過程順利得有些不可思議，他就這麼一路跑到宅邸門口，看到熟悉的身影立刻緊緊抱住不放，「上官申灼，遇到你簡直是抽中了上上籤啊！」

「……快點放開我。」上官申灼被抱得有些彆扭。

「啊，抱歉。」東湛立即鬆開手，「我剛剛見鬼了。不過你也是鬼，這麼說不會冒犯到你吧？話說，你有看到其他人嗎？」

「我剛剛一直都待在這裡，沒看到任何人出來。」

「怎麼會……那我們該怎麼辦才好？」

「總之先帶我到你剛剛見鬼的地方。」

「可、可是我不想再回去那裡。」東湛拒絕再看到那個可怕的女鬼。

「事情必須盡快解決不可。」

見上官申灼如此堅持，東湛只能妥協，「好吧，但女鬼出來的話，你可要第一時間收拾她喔。」

東湛心不甘情不願地走在前頭，領著上官申灼回到初見女鬼的那口古井。但周遭的氛圍徹底改變了，他循著剛剛的路線，卻走到了方才沒去過的房間。

「奇怪，我好像沒有來過這裡……」

「你不會忘記在哪了吧？」上官申灼露出詫異的表情。

「當然沒有！」東湛急忙解釋，隨後語氣一緩，「我只是不太確定而已……」被那女鬼嚇了一大跳、匆匆忙忙逃離的時候，他根本沒看清一路上景象。

他們兜兜轉轉了好一陣子，總算來到了中庭，「就是這裡，女鬼就是在這裡出現的。」開闊的空間中有著一口古井，然而沒有什麼女鬼。

「她不在這裡了。」上官申灼只是冷靜地陳述事實。

「我的確是在這裡碰到的……」

「你有沒有想過一件事，為什麼路上沒有碰到任何人？」上官申灼打斷東湛。

「這個……」

「不是你沒看到他們，而是他們看不到你，這裡是我為亡者設置的結界，而你碰巧誤入這裡。」

「上官申灼，你這話是什麼……」

「你再看清楚。」上官申灼轉過頭來，眼神變得銳利，「我像是你口中的那個人嗎？」

眼前上官申灼的形貌褪去，取而代之的是一名陌生的男子。他身穿一襲輕飄飄的白衣，乍看像是雲遊四海的仙人，但東湛知道這人絕對跟仙人扯不上關係，他眼神中釋放出的是貨真價實的殺意。

與此同時，真正的上官申灼仍不得其門而入，只好攔住一個經過的工作人員，「能不能麻煩你把梁柱上的符咒撕掉？」

「這裡怎麼會貼符咒……還真邪門，看來謠傳果然是真的。」對方顯然沒察覺到符咒的存在，被他一說也注意到了。

「什麼傳言？」上官申灼趕緊追問。

「據說這裡每到半夜就會傳出淒厲的慘叫聲，還曾有人在這裡撞見一個陌生男人，但宅邸已經荒廢多年，不可能有人住在這裡。」

「原來是這樣……這裡果然有什麼東西。」上官申灼喃喃自語，再次抬起頭時，看見工作人員身後有個舌頭吐得長長的長髮鬼，正從髮絲間露出一隻眼睛，直直盯著他瞧。

「我這有一張新的符咒，想要替換，可以麻煩你幫我撕掉舊的嗎？撕除符咒得跟換上新符咒的是不同人，才有效用。」上官申灼靈機一動扯了個謊。沒想到對方竟對這個連自己都覺得沒說服力的謊買帳，爽快地撕除符咒，接著又忙於工作匆忙離去了。

上官申灼才將頭探進宅邸裡，就有股濃濃的陰氣迎面衝擊而來，即便旁邊有不少人走動，能感受到的生氣簡直微乎其微。那個長髮鬼還是一直跟著他，他刻意走到沒人的角落去。

「你應該知道我是什麼人吧？」上官申灼開門見山地說道。

他此行的任務就是將宅邸的雜靈引渡到陰間，但不只有一開始看到的吊死鬼，現在又出現了長髮鬼，這宅邸裡面究竟有多少靈體？梁柱上那張符咒又是怎麼回事？

「你是來救我們的人。」長髮鬼口齒不清地說，臉上充滿希望地貼了上來。

「太近了……」上官申灼連忙將長髮鬼推開，「你這話是什麼意思？」

他沒有在長髮鬼身上感受到怨氣，相反的，對方似乎很期待他的到來，「你可以救救我們嗎？」

對方不斷用「救」這個字讓上官申灼一頭霧水，「這座宅邸到底有多少亡魂？」

「原本有十五個，但有五個被吃掉了。」

「你說的吃掉是指？」

「就是字面上的意思，我不能再待在這裡了，『那個人』很快就會找到我們。」長髮鬼看起來神經兮兮的樣子，深怕被什麼人看見。

「剛剛看見的吊死鬼才一轉眼就不見了，難道也被吃掉了嗎？」

「吊死鬼原來已經慘遭毒手了嗎？真是不幸。」長髮鬼嘆了口氣，舌頭因而吐得更長了。

「你不把話說清楚，我也救不了你們。」上官申灼認真地皺起眉頭。

長髮鬼抓了抓頭，光是這個動作就看得出來他內心的激動與焦慮，「事情是這個樣子的……」

長髮鬼和其餘十四個亡靈都是生活在這山林間的無名氏，每個人都有不同的過去，甚至連死亡時代都不同。總而言之，他們死後都被葬在了這座山，也都對死後的世界沒有嚮往，對陽世更沒有留戀，就這樣飄盪在這裡，直到屋主出現。

屋主出手闊綽，買下了整座山，還在他們的墳墓上建了宅邸。這倒是讓他們一成不變的生活有了點樂趣，他們沒有打算傷害住在屋子裡的人，畢竟把人嚇跑的話樂趣也沒了，所以只會做一點小小的惡作劇。

例如刻意移動物品，或是把東西藏起來，都是諸如此類無傷大雅的小把戲。直到某一天，連他們也察覺出不對勁，先是半夜無故有東西被摔碎，再來則是家中成員突然受傷、甚至鬧出人命，這些都不是他們做的。

屋主一口咬定是家裡有什麼魑魅魍魎，還請來道士驅邪，那個道士真的有幾把刷子，為了避風頭他們都找地方躲起來了。然後又過了一段不算短的時間，家中事件仍然頻傳，屋主的生意也賠了不少錢，最後便離開此處了。

這時候他們也察覺到真凶是誰了。這座山有山靈，想要動這座山都必須先請示過山靈，然而屋主卻沒有遵守這個習俗，甚至破壞了這裡原先的風水，因此山靈決定要給他一個教訓。

然而山靈沒有意識到自己做過頭了，在這樣扭曲的情緒下逐漸變得嗜血，開始想要更多力量，而來源就是他們這些遊魂，於是一個個找到他們的同伴然後吃掉。而屋主在離開時隨手把當初道士贈予的符咒貼在了梁柱上，他們便永遠被困在了這座宅邸。

這對他們來說簡直是地獄。為了發洩，每到半夜山靈不在時，他們就會開始嚎叫感嘆悲慘的命運，然後在山靈回來前又躲起來。就這樣持續了幾十年的光陰，他們一直過著躲躲藏藏的生活，山靈也一直在尋找他們的下落。

「所以請救救我們！」長髮鬼誠心地拜託，「幫我們把山靈處理掉吧。」

這可難辦了，報告書上並沒有提到這些事情。顯然這超出了上官申灼可以處理的範疇，「你知道山靈現在在哪裡嗎？」

「不、不知道！」長髮鬼一聽到「山靈」兩個字就緊張了起來，「但他一直都在這座宅邸裡，我剛剛有看到他，但實在是太害怕了，又躲了起來。不過他似乎不是一個人的樣子。」

「他身旁還跟著其他人嗎？」

「不是我們的同伴，好像是個活人……」長髮鬼結結巴巴地說道。

一個活人？上官申灼立刻想到東湛，這裡除了他和東湛，沒有人看得見鬼。東湛可能有危險了！

「他們往哪邊去了？快點帶路！」

「不要！」長髮鬼猛搖頭，長長的舌頭跟著一起晃動，「被山靈發現的話我就死定了，人家雖然已經死了但不想被吃掉啊。嗚哇，我不要！」

「你冷靜一點！」上官申灼拍拍對方，像是給予安慰般湊近，「你知道我除了將你們這些亡者引渡到陰間，還有別的選項嗎？」

「嗯？」長髮鬼一臉欲哭無淚地看著對方。

上官申灼無害地笑了笑，「你知道有一種物理上的超渡嗎？」

「你在……威脅我嗎？」長髮鬼顫抖著把眼淚縮了回去。

「我只是想讓你明白，這世界上有的是比那位山靈還要可怕的存在。帶路吧。」

「……知道了。」怎麼他遇到的都是魔鬼啊，長髮鬼一邊哀嘆自己遇人不淑，還是乖乖在前方領路。

東湛為了遠離那個奇怪的男人不斷逃跑，但是不論他逃往何處，對方總會先一步繞到前方等他。他的體力已經透支了，再加上笨重的服飾讓他無法隨心所欲活動，隨著那人逐漸靠近，他忍著一身雞皮疙瘩與對方對峙，「你想做什麼？」

「我才想問你在做什麼。」白衣男人的眼眸帶著玩味的笑意，似乎覺得挺有趣的樣子，「你不需要害怕我，我不會傷害你。」

「你、你不是這棟宅邸的怨靈嗎？」

「恰好相反，我是山靈，是守護這座山的使者，我也正在找怨靈呢，我們的目的一致。」

「真的嗎？」東湛仍舊半信半疑，「你要如何證明你是那個什麼山靈？」

「我已經證明了啊。你剛到這裡的時候不是有看到一個吊死鬼嗎？」山靈淡淡地說：「我把他吃了。」

「吃、吃了？為什麼你要這麼做？」東湛愣了一下，直覺告訴他這不是件好事。

「你覺得他們很可憐？」

「倒也不是……」

「這座山是我的，他們是闖入這裡的不速之客，給他們一點小小的懲罰有什麼不對？好了，你帶我去找那個無臉女鬼吧。」白衣男人眨了眨眼睛，語氣中的蠻橫清晰可聞。

「你也知道我很忙……」東湛乾笑著，不由自主地向後挪步，隨即轉身拔腿就跑。

白衣男子靜靜看著東湛落荒而逃的背影，也不追上去。他很享受這樣追逐的快感，只是在後面慢慢跟著，「你是逃不出去的，這裡是我專為獵物布下的結界。」

「可惡，什麼鬼啊！」東湛雖然搞不清楚狀況，但也知道事態的嚴重。很明顯這個山靈不是好東西，誰知道會不會在利用他之後，做出什麼慘絕人寰的事……

這種感覺好像似曾相識，他在陰間也總是不顧一切地逃跑。對了，是公務員考試那時，還有被困在姑獲鳥狩獵林那次……東湛好像漸漸想起遺忘的過去，可是最重要的記憶還是一片模糊。

他小心翼翼地回過頭瞥了後方一眼，卻愕然發現山靈消失不見了。東湛一臉震驚，更加不顧一切逃命。這時候有隻冰涼的手拉住了他，當他回過神來的時候，已經被帶進某一個房間裡了。而那個房間塞了滿滿的鬼。

「鬼……」東湛還沒叫出聲，就有雙手及時摀住他的嘴，是剛才引領他的女鬼，也是那位在古井旁被他誤認為女演員的紅衣女子。

「噓。」幾乎所有的鬼都擺出噤聲的手勢，要他稍安勿躁。東湛雖然害怕，但也逐漸冷靜下來，這些鬼恐怕都是山靈要尋找的目標吧，同樣在躲避山靈的獵捕。

「抱歉剛才嚇到你了。原先想跟你解釋，但你就一邊大叫一邊逃走了。」紅衣女鬼壓低音量。

其他鬼聽了只是掩不住地竊笑，「都這麼大的人了，還會嚇成這個樣子。」

「……如果你們知道自己看起來有多恐怖，就不會這樣說了。」東湛無奈地說，隨後話鋒一轉，「你們跟那個山靈是有什麼過節嗎？」

紅衣女鬼搖了搖頭，其他鬼也紛紛幫腔，「我們跟他毫無過節，但這幾年山靈越來越渴求力量，好幾個同伴都被他吃掉了。」

紅衣女鬼大致概解釋了他們與山靈還有這座宅邸的淵源，以及為何被困在這裡的前因後果。

聽起來滿糟糕的，不，是相當的糟糕啊。但東湛現在只是個普通凡人，什麼能力都沒有，他第一時間想到的只有上官申灼或許有辦法。

就在這時，門板忽然響起了激烈的撞擊聲，把所有的鬼跟人都嚇了一大跳。

「趁我還好聲好氣，你們還不出來」山靈的聲音從門外傳來。

東湛的心跳得飛快，一時間耳畔只環繞著心臟在胸腔跳動的響聲。

「還是不出來嗎？」門板被更加大力撞擊著，彷彿下一秒山靈就會破門而入。

山靈的聲音變得粗曠且嘶啞，就像是野獸的咆哮，「快點出來！」

那像是來自深淵般的吼聲讓人渾身起雞皮疙瘩，東湛和其他鬼痛苦的摀住耳朵。下一秒門被撞破了，居高臨下地看著他們的是一隻有著三隻眼睛的巨大黑熊——那便是山靈的真身。

「這也太大了吧，什麼鬼東西！」東湛轉過頭，卻發現那些鬼早就一哄而散，扔下他逃之夭夭了。想想這也是好事，畢竟山神的目標是他們，可是他該怎麼辦呢？

東湛的腳像是生了根般僵在原地，眼睜睜地看著山靈走來，卻只能睜大眼睛，親眼見證自己死去的一幕。

就在這時，一道黑影以迅雷不急掩耳的速度衝過來把他拉到一旁，他以為來人是上官申灼，結果卻是個吐著長舌的鬼，「呃，你哪位？」

「我也沒辦法啊，我是被逼的，現在沒我的事了吧？掰。」長舌鬼口齒不清地抱怨一陣，很快就不知消失到哪裡去了，來去皆像一陣風。

而上官申灼終於緩緩走上前，山靈看著他微微瞇起了眼。

「你就是山靈吧？」上官申灼朗聲說道：「你已經擾亂了陰陽平衡，這些亡靈必須引渡回陰間，那才是他們本來該去的地方。」

「哼，就憑你？陰間使者要如何跟我對抗，我可是守護這座山的神靈。」山靈表現出輕蔑之意。

「你只不過是以守護之名行屠殺之實。」

山靈的臉色頓時難看至極，憤恨地咬牙切齒，「是他們這些外來者先對這裡不敬，懲罰他們有什麼錯！」

「你所做之事已經超乎節度了。」

「……既然如此，我就先解決你！」山靈怒視上官申灼，接著重重踩踏地面，地面隨之崩裂，雙方一觸即發。

談判明顯破裂了。東湛知道阻止不了，怕成為上官申灼的累贅，連忙爬起來到陰暗處躲避，結果那裡已經躲了一票鬼，「你們怎麼……」

「沒辦法啊，這裡有山靈布下的結界，是只能進不能出的陷阱。」紅衣女鬼出聲解釋。

「這麼說起來……」東湛回過頭看著此刻正處在戰火中心的男子，臉上滿是擔憂，「上官申灼他沒有問題吧……」

依稀記得以前好像也是這樣，一次又一次被對方所救，那個人總會義無反顧地擋在自己的身前。

雙方開打了，上官申灼的表情異常嚴肅，山靈的熊掌猛然揮下，發現沒抓到體型比牠小了不只十倍的敵手後，立刻改以自身龐大的體型逼迫，激動的大幅度揮動厚實的熊掌，不時又踩踏個幾下。

前面幾擊上官申灼皆輕鬆閃身避開，但隨著攻擊密集了起來，他從衣服裡層掏出三張符咒，迅速地扔出。

其中兩張貼上黑熊站立的雙腿，一張則定在山靈胸口，頓時讓牠動彈不得。然後上官申灼抽出苗刀，俐落且精準地砍下敵人的雙臂。

山靈痛苦地哀嚎不止，噴灑的鮮血濺了上官申灼一身。黑熊掙扎著，總算打破符咒的禁錮，揮動斷臂將他擊飛。上官申灼被打飛了好幾公尺遠，才勉強止住墜勢。

這是山靈最後的困獸之鬥，但傷重的牠沒有了再戰之意，一眨眼就恢復成人身，狼狽地跪坐在地，「可惡，我何錯之有……」

「上官申灼！」東湛連忙跑去將倒在地上的上官申灼攙扶起來，對方緊閉雙眼，似乎沒了意識。東湛拚命搖晃著對方，不是說好會再見面的嗎？

對啊，我們已經在陰間約定好了。他想起來了，全都想起來了，「你不可以失約啊，上官申灼！」

「好吵。」上官申灼抹去臉上的髒汙，站了起來，「我聽得很清楚。」

你沒事真是太好了——但現在顯然不是說這句話的最佳時機，因此東湛只是把這句話藏在心底。

「你還是殺了我吧。」這是山靈第一次提出請求，恐怕也是最後一次。

「沒這個必要，如你所說，你是守護這座山的神靈。」

「……但我已經失去了守護這裡的資格，一味追求力量的我，徹底將良心蒙蔽了。」

「現在補救還來得及。」上官申灼說道：「把吞下去的那些靈魂都釋放出來吧，他們並不屬於這裡。」

「我知道了。」山靈點了點頭，然後眉頭一皺，表情變得猙獰，張嘴吐出先前吞噬的那些魂魄。

山靈解除了結界，顫抖著起身後一跛一跛地離去，身影顯得很是淒涼。

「等一下。」東湛急忙叫住正欲離開的山靈，「你的傷沒事嗎？」看到這樣的山靈，他還是有些於心不忍。

「這也算是給我自己的告誡，那就先告辭了。」山靈隨即消失得無影無蹤。

事情終於落幕了，東湛的身周再度傳來了劇組人員的交談聲。上官申灼已經除去了靈紙，只有東湛一人能看到他。

上官申灼必須把這些無助的靈魂引渡回陰間，亡靈都很期待，他們終於能夠解脫，前往下一個階段，展開他們漫長的旅程。

「上官申灼，你還會再來嗎？」東湛小心翼翼地問。

上官申灼只是勾起嘴角，「你已經回到了刑務警備隊，以後陽世的公務就要由你負責了，可不要喊累喔。」

東湛目送著搭檔離去，情不自禁地露出笑意。他想，這次他們會相處很久很久的時光。

在一旁的某個角落，靜靜將這一幕盡收眼底的三人表情有些微妙。得知調查報告有誤，這次引渡亡靈的任務內有隱情，甚至牽扯到山靈，因此他們才緊急前來救援，結果看來是不需要了。

「為什麼東湛能夠恢復記憶？」檀好奇地問小孟。

「或許是他們的羈絆足以讓孟婆湯失效。」小孟一副事不關己的態度，他不是很在意這種事情。

「欸欸，檀，我知道有一間陽世的餐廳很好吃，等等可不可以去吃？」茜草手上拿著一大疊各類餐廳的菜單。

檀選擇無視，「羈絆？真的有可能嗎，只是因為這樣的理由？」

「或者東湛拿到的孟婆湯是劣質貨。」小孟聳了聳肩。

「身為孟婆的後代怎麼可以說得一副無關緊要的樣子……」

「既然不用工作，就好好在陽世玩一番再回去吧。」小孟提議，「我想去貓咪咖啡廳！」

「附議！」茜草立即舉雙手同意，去哪都好，他只是單純不想工作。然後兩人一齊將興致勃勃的視線轉向男孩。

「隨便你們吧……」檀已經懶得再多爭辯什麼了。

——番外〈後日談〉完

——《陽奉陰違》全系列完

めんじゅう　ふくはい

陽奉陰違

後記

MENJUUFUKUHAI

陽奉陰違就到這邊結束了，希望大家會喜歡這個故事。其實當初的發想很簡單，就只是想寫帥帥陰間警察的故事，雖然寫出來的成品跟當初的構想有一點不太一樣……

覺得開頭應該先來個自我介紹，大家好，我是雪翼。

不知道有多少舊讀者，又有多少因為這一部作品才認識我的新讀者呢？總之，今後也請多多指教（鞠躬）。

這部我覺得比較難寫的是角色設定，想要讓角色們突出一點，卻又不至於會夠搶走主角的光芒。不過上官申灼的部分真的不大好寫，可能我就不太會寫冰山面癱帥哥（來自作者的抱怨）。

雖然前面是這樣說，但我發現墨氏兄弟的人氣比主角還要高。果然讀者們都喜歡兄弟檔，不瞞大家，其實我也是……（抹臉）。

如果大家能因此喜歡這個故事那就太好了。

最後照慣例感謝我的責編、繪師，我的家人們，還有購買此書的你。

有什麼話想說可以來找我喔。

雪翼的寒舍

https://www.facebook.com/107177117519498/

雪翼

高寶書版集團
gobooks.com.tw

輕世代 FW370
陽奉陰違04(完)

作　　者　雪　翼
繪　　者　火　螢
編　　輯　薛怡冠
校　　對　林雨欣
美術編輯　林鈞儀
排　　版　彭立瑋
企　　劃　李欣霓、黃子晏

發 行 人　朱凱蕾
出　　版　三日月書版股份有限公司
　　　　　Printed in Taiwan
地　　址　臺北市內湖區洲子街88號3樓
網　　址　www.gobooks.com.tw
電　　話　(02) 27992788
電　　郵　readers@gobooks.com.tw（讀者服務部）
　　　　　pr@gobooks.com.tw（公關諮詢部）
傳　　真　出版部　(02) 27990909　行銷部 (02) 27993088
郵政劃撥　50404557
戶　　名　三日月書版股份有限公司
發　　行　英屬維京群島商高寶國際有限公司台灣分公司
　　　　　Global Group Holdings, Ltd.
初版日期　2022年2月

國家圖書館出版品預行編目(CIP)資料

陽奉陰違/雪翼著.-- 初版. -- 臺北市：三日月書版股份有限公司出版：英屬維京群島高寶國際有限公司臺灣分公司發行, 2022.02-
面；　公分. --

ISBN 978-986-0774-51-1(第4冊：平裝)

863.57　　110019701

三日月書版

三日月書版

GOBOOKS
& SITAK
GROUP©

GOBOOKS
& SITAK
GROUP©